荒野漫游记

自然物语丛书

【美】 埃诺斯·米尔斯　著　董继平　译

青海人民出版社

图书在版编目（CIP）数据

荒野漫游记 / (美) 埃诺斯·米尔斯著; 董继平译
. -- 西宁 : 青海人民出版社, 2018.6
（自然物语丛书; 第二辑）
ISBN 978-7-225-05595-4

Ⅰ.①荒… Ⅱ.①埃… ②董… Ⅲ.①随笔—作品集
—美国—现代 Ⅳ.① I712.65

中国版本图书馆 CIP 数据核字 (2018) 第 130547 号

自然物语丛书（第二辑）

荒野漫游记

（美）埃诺斯·米尔斯　著

董继平　译

出 版 人	樊原成	
出版发行	青海人民出版社有限责任公司	
	西宁市五四西路 71 号　邮政编码：810023　电话：（0971）6143426（总编室）	
发行热线	（0971）6143516 / 6137730	
网　　址	http://www.qhrmcbs.com	
印　　刷	陕西龙山海天艺术印务有限公司	
经　　销	新华书店	
开　　本	850 mm×1168 mm　1/32	
印　　张	10.125	
字　　数	200 千	
版　　次	2018 年 7 月第 1 版　2018 年 7 月第 1 次印刷	
书　　号	ISBN 978-7-225-05595-4	
定　　价	36.00 元	

埃诺斯·米尔斯

总　序

董继平

　　自从人类创造出文字以来，自然就频频出现在字里行间：起伏的群山、连绵的森林、奔流的江河、辽阔的草原、静谧的湖泊、变换的季节、习性各异的动物和千姿百态的植物……由此，自然成为世界文学史上一个永恒的主题，千百年来，由自然产生的杰作不在少数，那些名篇佳什或天马行空，或流光溢彩，或细致入微，影响甚大且余音不绝，这个传统一直延续至今。在中国，至少有两部世界级的自然文学名著深深地影响过国人：一部是法国博物学家、文学家法布尔（Jean-Henri Casimir Fabre, 1823-1915）所著《昆虫记》，在其中，作者以深入的眼光、细腻的笔触娓娓讲述了昆虫之美，把鲜为人知的昆虫世界活脱脱地展现在读者眼前；另一部是美国诗人、超验主义作家梭罗（Henry David Thoreau, 1817-1862）所著《瓦尔登湖》，在其中，作者用心灵之语向世人述说他的湖畔生活，以及一个思想者、一个隐士融入自然的精神状态。其实，外国优秀的自然文学作品远不止这两部，只不过由于我们长期忽视，未及发现和挖掘而已。

近代自然文学的产生和繁荣自有其根源，绝非偶然。从工业时代开始，人类为摆脱低下、落后的生产力而不断追求现代化，随着这一进程不断加速，自然生态也深受其影响，不断恶化。面对日趋严重的破坏生态的情况，人们更加渴望回归自然的怀抱，以科学、理性的态度去善待大自然。在这种情况下，近代自然文学应运而生。

但在世界自然文学的发展过程中，没有哪个国家像美国一样，自然文学如此发达、如此繁荣，其自然文学成就之大、场面之壮观，在全球可谓一枝独秀，在区区 200 多年的时间里人才辈出、佳作纷呈，形成了群星璀璨的局面。美国自然文学的问世与发展，自有其渊源。当年，与欧洲那片老大陆相比，美洲这个新大陆尚属蛮荒之地，但在 1776 年美国建国以后的那几十年里，工业飞速发展，经济建设突飞猛进，经济实力也迎头赶上欧洲老牌工业国家。可是，正是在那几十年的飞速发展中，美国的现代化进程付出了牺牲自然环境的沉重代价，其自然资源遭到了掠夺性开发，生态环境遭到极大破坏。比如，当年修建的那条横跨美国大陆的铁路，一方面为美国经济的发展做出了巨大贡献，另一方面却让曾经在大陆上到处漫游的野牛加速消失。面对自然环境的日趋恶化，一批有识之士开始为保护自然而积极奔走、大声疾呼，而美国人民也在逐渐认识到日益逼近自己生活的诸多生态问题之后，在19世纪50年代至20世纪20年代这70年间，美国社会兴起了一场声势浩大的自然保护运动，其影响之大、覆盖面之广、持续时间之长，均令世界瞩目。在这场自然保护运动中，一些相关人士著书立说，大力宣传自然生态保护观念，在客观上促成了自然文学的蓬勃发展。此间，不仅大家辈出，而且逐渐形成了美国文坛上"自然文学"这一特殊文体。到了20世纪下半叶，环境保护主义运动在美国达到了鼎盛，同时也在全世界范围内不断扩展，随着这一运动的不断深化，自然文学愈加受到人们关注，并形成了一个庞大的作者和读者群体，这些作家以大自然为写作主题和对象，着重以科学的方式来揭示和探讨人与自然的关系，号召人们走进荒野，倡导人们与大自然建立亲密的联系，保护大自然的完整和野性，呼吁人们以一种更平等、更和谐的方式来处理人类与大自然的关系。

　　尽管有些文学史家把约翰·史密斯（John Smith，1580-1631）所著《新英格兰记》和威廉·布雷德福（William Bradford，1590-1657）的《普利茅斯开发史》认为是自然文学的雏形，但真正意义上的美国自然文学的先驱，当属博物学家威廉·巴特拉姆（William Bartram，1739-1823）。巴特拉姆也算出身自然文学世家，他的父亲是"美国植物学之父"——约翰·巴特拉姆。威廉·巴特拉姆从小便受家学的熏陶，一边徜徉在父亲的植物园中，一边倾听鸟语，享受花香。从严格意义上讲，威廉·巴特拉姆算得上美国自然文学的第一位大家，在其代表作《旅行笔记》中，他以细致而生动的笔触描述了尚处于原始状态的美国东南部的自然风景，用亲身感受讲述了那里的自然荒野之美。这部著作于 1791 年问世，便在欧洲引发了强烈的反响，颇得好评，即使像英国的柯勒律治那样的浪漫主义大诗人也对其大加赞赏。最重要的是，他在《旅行笔记》中告诉我们，地球上的一切生物都绝非呆若木鸡，相反，它们都非常聪明："如果留心一下任何动物，就会发现它们的效率高得让人震惊。它们行动前会精心策划，而且富有恒心、毅力和计谋。"这样的观点，无非是要我们尊重自然和自然中的生命。

当然，美国自然文学的先驱不止巴特拉姆一位，还有亚历山大·威尔逊（Alexander Wilson, 1766–1813）和约翰·詹姆斯·奥杜邦（John James Audubon, 1785–1851）。威尔逊是美国自然主义者，原籍苏格兰，热爱描写和绘画鸟类，自然学家称他为"美国鸟类学之父"。他的 9 卷描述鸟类的著作《美国鸟类学》（1808–1814）配有彩页，比另一位先驱奥杜邦的著作早近 20 年。在北美大陆上，有数种鸟类是以他的名字命名的，例如威尔逊鸫和威尔逊鹬。而约翰·詹姆斯·奥杜邦是美国著名画家、博物学家，原籍法国，他绘制的鸟类图鉴被称为"美国国宝"。他一生留下了无数画作，他的每部作品不仅是科学研究的重要资料，也是不可多得的艺术杰作。他出版了《美洲鸟类》和《美洲的四足动物》两本画谱，其中《美洲鸟类》被誉为"19 世纪最伟大和最具影响力的著作"。他的作品对后世野生动物绘画产生了深远的影响，同时，在广大读者中也有着很大的影响力。

　　但真正形成团体，投身于自然文学的作家，则是美国文学史上那批著名的超验主义者。超验主义的领袖拉尔夫·沃尔多·爱默生（Ralph Waldo Emerson, 1803–1882）在他那篇著名的《论自然》中提出了他对自然的观点；他不仅认为"自然是精神之象征"，还认为"我们从自然中学到的知识，远远超出我们能够任意交流的部分"，对后世影响甚大。而超验主义的另一位主将亨利·大卫·梭罗（Henry David Thoreau, 1817–1862）则更是身体力行，他在爱默生的影响下深入自然，一个人来到寂静的瓦尔登湖，搭建起小木屋，把自己的灵魂寄托在湖泊和山林之中。那时，他或在荒野中散步，或在树林中观察，或在湖畔沉思，悠然地描写自然之美，同时把人与自然的关系都隐没在那些朴素的文字中。根据《美国遗产》杂志 1985 年的一项调查显示，在"十本构成美国人性格的书"中，梭罗的《瓦尔登湖》位居榜首，可见其影响之大。除了《瓦尔登湖》，梭罗还有许多涉及自然的散文和日记，他用淡淡的笔调娓娓倾诉自己的自然情怀，比如他的长篇散文《秋色》《散步》等便是这方面的杰作。爱默生和梭罗自不待言，在超验主义阵营中，还有一位中国读者几乎都不知道的女作家——玛格丽特·富勒（Sarah Margaret Fuller, 1810–1850），作为这个阵营中的女性佼佼者，她在一个寂静的夏天摆脱了尘世喧嚣，把自己的灵魂彻底浸入一湖湛蓝的水中，以优美的笔调写下了一部自然散文集——《湖上夏日》。而在同一时期，大诗人惠特曼亦深受爱默生的影响，除了充满泥土味的《草叶集》，他的散文集《典型的日子》也体现了自然之灵，尽管这部作品以日记的形式写成，但字里行间却让作者那种静静观察、倾听、体验自然的形象跃然纸上。

在19世纪的最后二十年里，美国自然文学界出现了两位大师——"两个约翰"："鸟之王国中的约翰"——约翰·巴勒斯（John Burroughs, 1837–1921）和"山之王国中的约翰"——约翰·缪尔（John Muir, 1838–1914）。"两个约翰"分别奔走于美国东部和西部，为建立和谐的自然秩序而不懈努力。巴勒斯是博物学家、鸟类学家，生活在东部的卡茨基尔山区，擅长描述鸟类生活，各种鸟儿在他的文字中栩栩如生，被誉为"美国乡村的圣人"。缪尔则是地质学家，也是一个永远在路上的行走者，这位"美国国家公园之父"以描写美国西部山区风景见长，山峦与森林在他的笔下熠熠生辉。"两个约翰"著述颇多，成就巨大，对美国乃至世界的环保思想产生了深远的影响。稍后的女作家玛丽·奥斯汀（Mary Austin, 1868–1934）则独辟蹊径，她避开自然文学中通常描写的山水，深入美国西南部沙漠地区，以女性细腻的笔触向人们展示了荒漠之美与灵性。19世纪至20世纪之交是美国自然文学的一个高峰，许多作家和博物学家纷纷投身于自然文学创作，就连西奥多·罗斯福——老罗斯福总统那样的政治家也热爱自然，客串了一把作家，推出了好几部具有影响的著作。

到了20世纪上半叶，美国自然文学似乎有些沉沦，这是因为两次世界大战战火纷飞，让人们的关注点转向了社会问题，无暇顾及自然生态，因而此间自然文学大作相对不多。然而到了二战之后的20世纪中期，美国又出现了两位极有影响力的自然文学作家：奥尔多·利奥波德（Aldo Leopold, 1887–1948）与蕾切尔·卡逊（Rachel Carson, 1907–1964）。他们本来并非文学家，职业也与文学无关，但日益严重的自然生态问题赋予他们向公众宣传保护自然的重大责任，这才动笔写起书来。奥尔多·利奥波德本来是林业学家、生态学家，长期致力于土地研究，其代表作《沙乡年鉴》在1949年他去世后才得以出版。这部著作的文笔异常优美，富有诗意，向读者完整地传达自己的土地伦理观，引起各方面的重视，成为美国自然文学史上的一个里程碑。蕾切尔·卡逊是海洋学家，于1962年出版了《寂静的春天》一书，在其中，她以通俗的语言向公众揭示了现代文明进程对生态环境造成的恶果，对近半个世纪以来美国人的自然生态观念产生了巨大影响。

从20世纪六七十年代到现在，美国的环境保护运动已沉淀为一种观念，自然文学也不断深入、扩展，呈现出百花齐放的繁荣局面，景象纷纭，作家众多，作品不断且各具特色：爱德华·艾比（Edward Abbey, 1927–1989）的《大漠孤行》（*Desert Solitaire*）、玛洛·摩根（Marlo Morgan, 1937– ）的《旷野的声音》（*Mutant Message Down Under*）、约翰·海恩斯（John Haines,1924–2011）的《星·雪·火》（*The Stars, the Snow, the Fire*）、巴里·佩洛斯（Barry Lopez, 1945– ）的《北极梦》（*Arctic Dreams*）、杰克·贝克隆德（Jack Becklund）的《与熊共度的夏天》（*Summers with the Bears*）……

自然文学几乎均以散文写成，有抒情，也有叙事，语言流畅、精彩，情节引人入胜，适合大众阅读，这也是它长盛不衰的主要原因之一。

此外，它还有一个引人注目的特点，那就是其作者也许并非专业作家，大多是博物学家、环境保护主义者甚至还有政治家，他们写下的文字几乎都是作者亲身经历的，绝非道听途说或虚构的作品，均为可读性和故事性极强的散文，同时又融文学性和科普性、知识性和趣味性于一体，深受读者喜爱。

10余年来，随着国人对自然的认识逐渐提高，自然环境保护在中国也得到一定的发展和深化，在这种形势下，也出现了一些所谓的"自然文学"，但在我看来，目前中国的"自然文学"不过是一种噱头而已。首先，国内很多地方的自然生态早已遭到难以复原的破坏，缺乏真正完整的生态链——即使有森林，林中也早已没有大型动物——人类毫不留情地占据了野生动物的生存空间。因此，真正意义上的"自然环境"仅存于少数极其偏远的地区，难以前往。其次，许多作家即便写下一些关于自然的文字，也往往是应邀之作，并非自发而为之，缺乏对自然的深层次体验。因此，写出来的作品虽然涉及自然，却仅仅是触及皮毛的表象之作——这也反映了目前国内的一种错误观点，即涉及自然的文字便是"自然文学"。大多数中国作家往往缺乏独居山林的勇气和耐心，不会像梭罗那样把身心沉浸在静谧的湖水中，或在山林间漫步，长时间观察一棵树、一片叶子在秋天如何变黄或变红，或在田野上品尝不同的野果，接受造物主对人类的馈赠；更不可能像美国"落基山公园之父"埃诺斯·米尔斯那样，在长达20年的岁月里，数百次往来于山林间，或在山间小木屋观察屋檐上的那窝小蓝鸲，或在林间溪畔追踪转移巢穴的丛林狼，或在群山深处拯救遭遇不幸的幼熊……

自然文学在国外走得早，也走得远，自然及自然文学类作品非常发达，虽在国内有一些介绍，但其深度和广度均不够，仅就美国自然文学而言，目前已经介绍到中国的作品不过寥寥可数。《自然物语丛书》的宗旨就是填补这一空白，计划收入那些在中国未曾出版过的颇具收藏价值的外国自然文学作品（以自然文学大国美国为重点），突出作品的原创性、故事性、科普性和可读性，它们既是文笔优美的文学作品，又是趣味性极强的科普读物，对于加深中国读者对自然的认识肯定有莫大帮助。目前，国民对自然兴趣正浓，绿色环保和认识自然也作为基本知识进入了大、中、小学课堂。不过，多数人对自然的认识还停留在初级阶段，或不得要领，还存在着很大的局限性和片面性，因此阅读自然文学作品就成为帮助人们重新认识自然最主要、最有效的方式之一。《自然物语丛书》恰好能满足广大国民在这一方面的需要，帮助他们加深对动物、植物、季节及山川风物等自然细节的认识。出版《自然物语丛书》的主要目的，借用美国自然文学家巴勒斯的一句话，就是："我的书不是把读者引向我本人，而是把他们送往自然。"更重要的是，《自然物语丛书》行文流畅、内容有趣，融故事性和科普性于一体，老少皆宜。

我相信，在正处于经济飞速发展，生态环境不断恶化之后又逐渐得到重视和解决的中国，优秀的自然文学读物对于协调人与自然的关系将具有积极的意义。

2016 年 6 月于重庆云满庭

译　序

董继平

在从 19 世纪末到 20 世纪初的那段美国近代史上，一批有识之士为保护美国的自然生态和自然资源而四处奔走、大声疾呼，为不少国家公园的建立立下了汗马功劳。他们长期深入某一地的自然环境进行探索、调查、研究，独具慧眼地认识到了当地自然生态的价值，并坚持不懈地奔走、疾呼，说服政府采取行之有效的措施，以建立国家公园的方式来保护当地生态,而政府也审时度势,陆续采纳了他们的建议,先后建立了一大批国家公园,尤其在美国第二十六任总统西奥多·罗斯福推出了一系列保护国家自然资源的政策之后,美国的国家公园便如雨后春笋般涌现出来。可以这么说,正是那些有识之士的不懈努力,才使得当今美国的自然生态系统(尤其是在当年建立的那些国家公园内)保护得极为完好,他们为此做出了不可磨灭的贡献,从而成为某个或某些国家公园的创始人。在为保护自然生态积极奔走、疾呼的同时,他们还在长期探索山野的过程中颇有心得,著书立说,并传诸后世,其自然作品和理念对后来的好几代美国人及美国的环保政策都产生过巨大影响,在这一方面,他们可谓功不可没。

在这批人当中,有大名鼎鼎的"美国国家公园之父"、地质学家、自然文学家约翰·缪尔(John Muir, 1938–1914)——他为保护约塞米蒂山谷而呕心沥血,为建立美国国家公园体系做出了杰出的贡献。当然也有"落基山国家公园之父"埃诺斯·米尔斯(Enos Abijah Mills, 1870–1922)——这位博物学家、自然环境保护主义者、自然向导、作家,尽管在中国还不太出名,但他毕生为保护以朗斯峰为中心的落基山生态环境而做出的种种努力,却一直为美国人所铭记和津津乐道。他写下了许多行文优美的自然著作,至今流传于世,为人所广泛阅读、谈论、评说。

1870 年 4 月 22 日,埃诺斯·米尔斯出生在堪萨斯州东南部的普莱森顿。早在他出生之前,他的父母就在表亲的陪同下拜访并了解过科罗拉多,后来才回到堪萨斯。米尔斯年幼时,他的母亲便给他讲过很多关于科罗拉多的故事，因此他对那里的自然和人文也就有了充分了解。但在米尔斯的少年时代，他不幸患上了严重的消化功能紊乱，当地医生根本无法医治，但他们认为，在不同的气候环境中生活，可能有助于康复，因此，他在14岁时便独自前往科罗拉多州的落基山区，由此从日常食谱中排除了以前经常食用的小麦，他的消化功能紊乱也就渐渐好了起来。

此时是1884年至1885年的冬天。米尔斯来到科罗拉多的夏天避暑地——埃斯特斯公园，当时，游客已经开始涌入这一地区。在埃斯特斯公园以南大约14.5公里处，在一个叫做朗斯峰谷的地方，米尔斯安下了家。他在野外建造了一座小木屋，以便随时欣赏朗斯峰壮丽的景色。在夏天，他就为表亲工作，带领游客游览整个山谷，还带领登山者攀登海拔4345米的朗斯峰。自从他在15岁第一次攀上朗斯峰，他就对这座山峰产生了特别深厚的感情，并对当地的地形、气候等自然条件了如指掌，因此，无论他在什么天气前往顶峰，都能安全返回。在那些岁月里，他要么独自一人，要么作为自然向导带着游客，先后攀登朗斯峰多达297次。

但是到了冬季，埃斯特斯公园就游客寥寥，为了维持生计，米尔斯便前往蒙大拿州的布特，在那里为阿纳孔达铜业公司工作，由于他努力、刻苦，一路升迁至工厂工程师。随着1889年冬季的临近，一场突发的火灾使得铜矿停工、关闭，于是他干脆前往旧金山游历，在那里与"美国国家公园之父"、著名自然文学家约翰·缪尔不期而遇，并结下了深厚的友谊。当时缪尔正积极投身于自然环境保护运动，缪尔执着的精神深深地感染和鼓舞了米尔斯，在缪尔的影响和鼓励下，他开始"以一种让其他人相信他们见过的方式"来描写自己在科罗拉多的所见所闻。对此，米尔斯这样回忆："如果不是因为他（缪尔），我可能只是个吉普赛人。"——只是漫游者而不是作家。不过，他也确实到处漫游，在接下来的 10 年中，他频繁前往美国西海岸、阿拉斯加州和欧洲旅行，广泛的游历让他增长了见识，拓宽了眼界。但最终，他还是回到落基山，让自己安顿下来进行写作，同时致力于环境保护活动，举办自然讲座，向公众宣传自然环保理念——在这一点上，米尔斯和缪尔极为相似：落基山之于米尔斯，正如加利福尼亚的群山之于缪尔。

1902 年，米尔斯从蒙大拿州回到科罗拉多州，从表亲手中买下了位于埃斯特斯公园内的"朗斯峰山居"。他还在周边土地上置办地产，最终把"朗斯峰山居"变成了"朗斯峰客栈"。但在 1906 年，客栈不幸毁于火灾，但他很快就在废墟上重建了客栈，并使其远近闻名。他时常在这里款待客人，带领他们深入荒野探索，到了晚上，他则和客人们围坐在篝火旁，进行关于自然的对话……更重要的是，他还开始培训其他人成为自然向导。根据他的女儿爱德娜回忆，培训自然向导是米尔斯一个重要的特性。在此之前，还没有人正式培训过自然向导，米尔斯通过这样的行动，来扩展他对大自然的热爱。有趣的是，他早期培训的一个向导伊瑟尔·伯内尔，留下来担任他的秘书，并与他产生了感情，更于 1918 年 8 月，两人结为伉俪，不久便有了一个孩子——女儿爱德娜。

在 1902 年至 1906 年间，米尔斯担任了科罗拉多州雪量观察员，这份工作使他能够深入他所热爱的荒野，在工作的同时领略大自然的魅力。他当时的职责是在冬天测量山区积雪的深度，以便预测春天和夏天的雪山融水量。他在这个职位上干了几年之后，时任美国总统的西奥多·罗斯福便任命他为政府林业演讲员，在 1907 年至 1909 年间，他先后做过 2118 场演讲，他用自己或高昂或低沉的嗓音，努力唤醒人们保护自然的意识，激发人们对树木、野生动物进行保护和户外探险的兴趣，还呼吁他的听众要"率先观赏美利坚"，敦促政府改善他所谈到的那些风景区的路况交通。此外，他还发表和出版了诸多关于自然和埃斯特斯公园地区的文章和书籍。

在 1915 年之前，米尔斯一直都在不断努力，坚持领导朗斯峰的居民呼吁政府尽早把朗斯峰周边地区辟为国家公园。为此，他四处奔走，不遗余力地敦促美国政府尽早建立落基山国家公园。他的努力得到了由缪尔创办的美国最重要的环保组织——"塞拉俱乐部"和"美国革命女儿会"等团体的鼎力支持与帮助，最终他的努力获得了成功——1915 年 1 月，美国国会终于批准建立落基山国家公园，米尔斯也因此被人们称为"落基山国家公园之父"。可以说，正是在他的力促之下，落基山国家公园才得以建立、开张、广迎游客。

此后，米尔斯还到美国各州发表演讲，举办讲座，大力呼吁人们对自然和野生动物进行保护，并以自己的经历为线索，写下了诸多涉及自然和环保的著作。可惜的是，他在纽约地铁的一次事故中不幸受伤，折断了两根肋骨，肺部也被刺穿，这样的伤势，再加上他长期操劳，积劳成疾，最终于 1922 年 9 月 21 日去世，年仅 52 岁。

作为博物学家、环保主义者、自然文学家和自然向导，米尔斯不愧为建立落基山国家公园的首要功臣，人们自然不会忘记他。如今，落基山国家公园中的"米尔斯湖"，尤其是朗斯峰地区周边的"埃诺斯·米尔斯树丛""米尔斯冰碛""米尔斯冰川"等景点，当然还有如今已被开辟为家庭博物馆和商店的"米尔斯小木屋"，就是为了纪念这位自然先驱而命名的。因为他的努力，落基山国家公园才成为美国风景保护区中最受人拜访和欣赏的目的地之一。

米尔斯热爱自然，长期生活在落基山区，时常深入荒野漫游，熟悉山野间的山林草木、飞鸟走兽。多年来，他的踪迹遍及森林、峡谷、湖畔、山顶，他或在山岭上观察、眺望，或在溪谷中扎营、生火，或在雪地上辨识、追踪动物的踪迹……因此，他跟落基山地区的众多野生动物、森林植物、地质地貌都结下了不解之缘。在 1905 年至 1922 年间，他把自己在大自然中的诸多经历陆续写成文字，在《周六晚邮报》《乡间绅士，乡间生活》和《美国男孩》等当时发行量极大的报刊上发表了数百篇文章。更重要的是，他还在此基础上汇集出版了 16 部自然文学著作，包括《埃斯特斯公园的故事和导游指南》（1905）、《山野手记》（1909）、《山野魔力》（1911）、《在河狸的世界中》（1913）、《山野奇境》（1915）、《斯科奇的故事》（1916）、《你们的国家公园》（1917）、《探访大灰熊》（1919）、《自然向导历险记》（1920）、《荒野漫游记》（1921）、《在野生动物中间》（1922）、《野生动物家园》（1923）、《落基山国家公园》（1924）、《地质传奇》（1926）、《山野鸟鸣》（1931）等。他的这些作品，本质上融合了科普信息、田野观察和个人轶事，以行文更优美、结构更紧凑的形式为读者提供了一种与众不同、别开生面的自然指南。作为最早对美国和欧洲读者深度描述落基山的作家之一，米尔斯在这些著作中以非虚构的笔法，饶有趣味地向读者讲述一个又一个真实的故事，展现了一个不为人知或鲜为人知的自然世界，以及他本人在这个自然世界中的种种际遇，其中既有他越过山岭，沿着野生动物留下的踪迹一路追踪，也有他深入森林，对各种植物进行细致观察和探究，还有他本人独处自然之际所产生的种种遐想和思考；既有对某一类动物的深入探访，如河狸与大灰熊，也有对野生动物不同习性的仔细考察，如动物怎样过冬、动物的嗅觉、动物的警惕性和动物的领地意识等。他的描述深入浅出，文笔优美，或洋洋洒洒，或娓娓道来，始终以一个具有磁性的声音对读者讲述自己在野外与大自然的亲密接触和体验，读来让人倍感亲切。在美国，他的自然文学著作影响过好几代人，至今还是人们认识自然，尤其是认识落基山地区的重要媒介，因此堪称"落基山自然百科全书"。

更为重要的是，作为美国早期环保主义者之一，米尔斯在字里行间始终流露出一个强有力的声音，那就是人类对自然环境的保护已刻不容缓。他呼吁政府进一步采取措施，尽快建立更多的国家公园，并扩大现有的国家公园，以便将那些业已遭到人类活动——过度放牧、伐木、开矿等侵蚀的风景区统统纳入保护范围。不仅如此，他还从经济学和社会公益性等方面着手，进行了深入细致的分析和苦口婆心的劝导。比如，他在经过详细对比之后，颇具远见地提出：畜牧业和伐木业等只是低端产业，所带来的经济效益很低，却对自然环境的破坏极大，贻害无穷；而把风景区变成国家公园，大力开发旅游业，则要高端得多——这样的话，不仅会留住山野美景，还会吸引络绎不绝的游客，更会带动当地和周边的交通运输、旅馆、农业等行业的迅速发展，使之大大受益。他这样呼吁："拯救我们的最佳风景，就是拯救人类状态和人性……风景是我们最高贵的资源……"米尔斯在那个时代就提出了这样的观点，不能不说具有远见卓识。

《荒野漫游记》是米尔斯的主要作品之一。全书由 17 篇自然随笔组成，篇什一般在 5000—8000 字之间。这部作品主要叙述了作者深入落基山区，在荒野漫游、探索时与大自然景观、地质奇观和野生动物亲密接触的经历。其中，作者记述了一个个情节生动、妙趣横生的荒野故事：冬季探索大陆分水岭之际，从山顶上一跃而下，快乐滑雪，继而追踪野生动物，其间既有历险，更有欢乐；作者少年时，在科学家的指导下，深入俄勒冈的化石床寻找珍稀化石，不仅收获颇丰，还增加了古生物知识；作者深入山野，寻找野生动物可能显现的天气预兆，尤其是在 2 月 2 日土拨鼠节那一天，调查土拨鼠能预测天气的民间传闻，最终破除了人们长期以来的迷信；在对群山的考察中，作者对那些可能成为"海盗河"——掠夺其他河流水源的河流进行了探索，对水土流失和大型三角洲的形成做了详细描述；作者曾经收养过一只小河狸，在它的成长过程中，它所展现的种种萌态给他带来了无穷的欢乐；作者只身深入荒无人烟的大草原，经历了迷路、追踪野生动物，增长了荒野知识；在长期的野外漫游中，作者多次追踪那些隐藏行踪的山狮，反过来又被山狮追踪；技高一筹的牛仔追踪狡猾的盗马贼，克服重重困难，终于追回窃贼盗走的马和抢劫银行的赃款；山林中，作者深入探索并记录快乐的黑熊在漫游中展现的种种习性；一只被人遗弃的柯利犬，在沙漠地区流浪，还成为丛林狼的头领，经历种种奇遇，最终重返主人身边；从荒野捕来的烈马"黑钻石"桀骜不驯，屡挫驯马人，最终一个不起眼的牛仔在众人的嘲笑之下巧妙地将其驯服；一个探矿人闯入印第安人保留区探矿，遭到印第安人的疯狂追捕，其间九死一生，在失明的状态下凭借荒野知识，成功逃离险境；三头失去母亲的幼熊，在荒野中到处流浪，遭遇危险时团结一致，成功地生存下来；作者深入雪山腹地冒险，观察、遭遇并记录各种雪崩的"奔流"，其间屡屡遇险；主人被雪崩掩埋之后，其收养的忠犬不顾自己受伤而坚持努力搜救，终于使其获救；对于人们长期流传的种种关于荒野的谬传，作者以自己的经历和经验，一一予以纠正；作为自然向导，作者用自己的经历、思考对野外探索者给予建议和忠告……在这部作品中，作者以优雅、流畅的文笔，深入浅出的语言，为读者描述和展现了一个充满可能性的荒野世界。

这是米尔斯作品在中国的首译。我相信，这些渗透了作者对大自然深厚情感的文字，这些并非虚构的真实故事，对于当今的"美丽中国"具有十分重要的借鉴意义，不仅能让国人了解到大自然中鲜为人知或不为人知的种种细节，更能唤醒和提高大家的自然保护意识。正如米尔斯本人曾经说过的那样："我生活的主要目的，就是要激发人们对户外世界的兴趣。"

那么就让我们出发，跟着米尔斯的脚步上路吧，去往山岭，去往森林，去往溪流，去往草原，去往大自然！

contents

荒野漫游记

第 1 章　冬日山野探索记

Coasting off the Roof of the World

2 月晴朗的早晨，探索者朝着大陆分水岭的顶峰挺进，探索当地在冬季的情况。途中，一大群山地野绵羊从树林中鱼贯而出，到处奔跑、嬉戏、打闹；冰封的池塘上，河狸房子突起，坚硬如石；一些冰柱挂在悬崖上，最大者高达 60 米，顶部直径超过 6 米；雷鸟浑身雪白，歇落之际跟周边环境融为一体，难以追踪……从大陆分水岭顶上，顺着白雪皑皑的山坡一路下滑，其间腾空而起，令人兴奋、刺激！探索中，偶遇三四十头鹿聚在一起，形成冬令生活场地，它们把积雪踩踏结实，在上面往来自如，随时击退来犯之敌。爬下峡谷之际，他攀附的树枝突然折断，掉在一处熊迹上，心悸之余，便开始追踪，而那头熊一路漫游，越过大陆分水岭，最后竟一路带着他回家……

路遇山地野绵羊，探访河狸聚居地

在一个天气晴朗、寒冷的 2 月的早晨，我在凌晨 4 点就在腋下夹着一双熊爪雪鞋，腰带上别着一把短柄斧，带着柯达相机、望远镜、温度计和几公斤葡萄干，离开了我的小木屋。我那座小木屋坐落在北美大陆分水岭（Continental Divide）的东坡上，那里海拔约为 2750 米，距离顶峰将近 20 公里。而我此次外出，是为了探索大陆分水岭顶峰在冬季的情况，去看看雪原和冰原、封冻的湖泊，还要去看看那些生活在海拔 2750-3960 米之间的山顶地带的野生动物，看看飞禽走兽在冬天的生活方式。因为我只身独行，所以我既可以匆匆赶路，在夜里到达分水岭的另一边，也可以悠闲而行，不时在途中停下来观察野生动物，或者转向一边，去看看那些让我感兴趣的东西。

离开小木屋若干公里之后，我就在路上停了下来，当然，这样的耽搁肯定让我很喜欢：18只山地野绵羊（mountain sheep）突然从树林中鱼贯而出，而它们在行进中突然开始喧闹、嬉戏、奔跑、驰骋，然后稀稀拉拉地停留在一个冻结的水坑前面。在水坑四周，它们热切地舔舐那含有盐碱的尘土，只见三只小羊羔伸出舌头，闻了闻地面，冷漠地舔舐了几下，然后就开始玩耍起来。不久之后，那些成年野绵羊也开始嬉戏，跳跃起来用头角相互抵触，还用后腿伫立，用头角轻松地进行防卫，那场面显得十分活跃。

在这个渗出盐碱之处的周围，泥土都被舔出了大洞，深达60-90厘米。山地野绵羊就像其他有蹄类动物一样，似乎特别喜欢盐，它们常常会历经漫漫长路前来寻觅。如今来到这里的这些野绵羊生活在巴特尔山（Battle Mountain）的林木线之上，那里距离这个水坑可不近，大约有八公里之遥。

观察了这群野绵羊一阵之后，我就开始朝山顶进发。周围没有积雪，这个阳光明媚的日子很温暖，就像落基山中大多数冬日那样很暖和，因此这是一次温暖的攀登陡坡之旅。山坡上，我转身用望远镜观察山坡下面，看见那些成年野绵羊正躺在那儿晒太阳，而那三只顽皮的小羊羔则越过那松树环抱、青草丛生的开阔地来回奔跑，憨态可掬。

从一道断崖的顶上，我俯视一个河狸（beaver）聚居地，那里的几个冰封的池塘在阳光下闪耀。于是，我从断崖上爬下去，走向那些封冻的池塘，越过那个主要池塘的冰面，展现在眼前的，是一座最近才涂上泥巴的大型河狸房子，穿过冰面突起来大约 1.5 米，房子的外面，那 10 来厘米厚的泥巴和细小的树枝已经牢牢地冻结了起来，坚硬得如同石头。没有迹象表明有什么动物试图打破这层覆盖物闯进房子。房子附近，一堆绿色枝条穿过冰面突出来，那就是河狸在冬天的食物供应，搁放在池底，被贮存在水中。这样，河狸就可以在冰面下游向这堆食物，从上面轻松地拖出一根枝条，前往它那刚好位于吃水线之上的房子入口。不远处，野兔在阴影中到处跳动，啃食柳树皮，但除此之外，我看不到其他动物。

在河狸聚居地上方，我攀登了约 300 米，穿过一片高大、浓密的云杉（spruce）林之后，就来到了林木线上。这道林木线是一片矮小的树林，其高度不及 90 厘米，但仁立在这里的时间似乎如同山峰本身一样久远。这些树木看起来很古老，当中的每一棵无疑都生长了上百年之久。在林木线上的那边，一棵棵树木倒伏在地面上，仿佛被压路机压倒了，其中几棵直径约为 30 厘米，长约 6 米。在这里，到处都有遭受疾风劲吹的树木，它们只在一边稀稀拉拉地生长着枝条，看起来就像挥舞着破碎的绿色旗帜的旗杆，而树干迎风的那一面则完全是光秃秃的，没有一根枝条。在其他一些地方，一片片树木长得低矮，枝条纠缠得如此密集，以至于阳光和风都很难渗透进去。

探访冰柱和雷鸟，登顶大陆分水岭

途中，一片树丛深深地嵌入了积雪，就像一块被铺展开来的厚重的白色帆布，其一边被撩了起来。这就是我过夜的地方。同样，虽然这样的地方遮盖得很严密，但很多熊也可能会躲在下面冬眠，因此得小心。探查一番之后，我把睡袋推进去，准备在这里休息。这个夜晚很凉爽，温度计指示气温约为12℃，但这个掩体如此舒适，因此我并没有钻进睡袋，而是干脆直接躺在睡袋上面睡觉。我生起一堆小小的篝火，却准备了一些大木头，让它们慢慢燃烧，火光把一部分热量辐射到我那几乎可以防风的掩体之中，让我倍感暖和。

这些树木位于海拔约3440米之处。在这高高的山坡上，林木线比阿尔卑斯山的林木线高出了将近1600米。阿尔卑斯山中，积雪更多，日子也更寒冷、更阴沉，而在落基山中，温暖、阳光明媚的日子很多、很常见，这就为树木生长提供了适宜的气候，为植物和飞禽走兽提供了适宜的生活之处，而且这个地带一路向上延展，高入云天，但在阿尔卑斯山，由于严酷的气候，植物和飞禽走兽所能生活的地方严重受限，所以动植物带的海拔要低得多。

第二天早晨，就在距离这个林木线营地不远处，我遇到了我所见过的最大的冰柱。那根冰柱悬挂在一道悬崖上，估计高达60米。在它的顶部，直径达到了6米甚至更大；在它的下面，一片冰构成的基础在岩石上铺展开来，那根冰柱的下端就伫立在那儿。正当我看着一些较小的冰柱，一根冰柱轰隆一声猛然落了下来，大块的碎片四处飞溅，那些碎片竟然硕大得如同大桶，顺着山坡一路滚动、跳跃而下，其中一块大碎片撞到林木线的树端上才四散开来。

积雪覆盖着小溪，使其免遭冻结，阻止冰形成而把水道塞满。但在鲜有积雪的冬天的山顶上，很多泉水溢出小溪那塞满了冰的水道。等我爬上悬挂着这些冰柱的那道悬崖顶上，我才发现上面有一片巨大的扇形冰面覆盖着地表。在崖面上，这片冰面约有 90 米宽，而在山坡上，在那片约有 150 米的 V 形或扇形的那个点上，原来有一道泉水汩汩流出，但由于没有积雪保护，它就冻结了，最终让水道充满了冰。然后，水就满溢出来，向外流淌之际，铺展、冻了起来，且越来越宽、越来越深。不过，这个扇形冰面的形成非一日之功，整整耗费了三个月的时间，而且在一些地方，这个冰面还深达一两米。崖面上，布满了形形色色、大小不一的冰柱，呈现出很多美丽的圆柱，还有各种迷人的冰造型物。

在更远的山坡上，我偶然遇到了一群雷鸟（ptarmigan）——"白鹧鸪"。它们似乎并不怕人，即便是我接近到距离它们只有几米的范围之内，它们也显得毫不惊慌。在冬季，这些鸟儿浑身雪白，腿上也长着白色的毛，体形几乎就像草原松鸡（prairie chicken）一般大，当它们顺着光秃的褐色地面前行时，就露出了炫耀的外貌。其中三只雷鸟拍翅而起，飞行了一小段距离，歇落到附近的一个雪堆上面，其体色跟积雪融合得如此完美，完全没入了周边环境，因此在它们落下的那一瞬，我竟然没有看到它们的身影。不远处，在几乎平坦的山巅下面大约 400 米之处，一群野绵羊盯着我，一直观察我走过，它们距离我大约 60 米，却丝毫没有惊慌，也没有退却。

经过一番努力攀登，我终于站在了大陆分水岭之巅，面对正午的太阳，我伸开四肢，躺在光秃秃的花岗石上，把头和肩膀朝向大西洋这边的山坡，而把双脚伸向太平洋那边的山坡。我记得，在以前读书的那些岁月里，我曾经读到过，当年在刘易斯和克拉克探险队[①]（Lewis and Clark Exploration Party）中，有一个成员把一只脚踏在密苏里河（Missouri River）的一边，把另一只脚踏在另一边，就这样伫立了一分钟，当时他就站在大陆分水岭顶端附近，而密苏里河的源头小溪就在那里。

我站在海拔约为 3650 米的地方，回头俯瞰大西洋这边的山坡，只见在林木线上，生长着饱受风暴冲击的矮小林木，再往下面，树林中到处点缀着湖泊和青草丛生的林间空地，只有少数雪堆。遥望大约 160 公里开外的东方，我能看见科罗拉多东部那干燥、褐色的平原。

---

①美国早期探险家刘易斯和克拉克所率领的探险队，曾首次横越美国大陆抵达西海岸。

从山巅一路欢乐地下滑

俯视西边的山坡，但见万物一片洁白。从我伫立之处往下一两百米，以及向西一百六十公里，积雪深深地覆盖了万物，森林、山峦和山谷银装素裹，一片洁白。在山区，"阴阳天气"频频发生：当一个地区十分寒冷，对面那个地区的天气则可能十分温暖。在这条大陆分水岭的两侧，这样的情况也时常可见：偶尔，西边正经历一场暴风雨，而东边则非常宁静；有时候，西边寒冷刺骨，而东边却阳光明媚……但是，不管哪种天气，我都很喜欢。

我伫立在顶峰向西放眼瞭望，看着这白雪皑皑的陡坡从世界真正的屋顶上倾斜而下。一路滑雪下去，这是多好的地方啊！我马上希望有十几个男孩跟我一起来体验这样的快乐。这将是体验速度的好地方——在这样的地方，长长的骤降之处很多，滑行者会迅速穿过空气而猛然落下去。与这片野性的陡坡相比，在山丘上滑雪和采用特殊雪橇的滑雪方式，都会显得温和而平淡，毫无刺激可言。

我吃力地跋涉到外面的雪地上，坐在雪鞋上，就开始朝着太平洋那边的海平面一路迅速下滑。当然，我在途中超过了速度限制——在大约 800 米的路程中，这片光滑的山坡几乎骤降了 300 多米，一路上令人刺激。接近底部，我冲到了最光秃的地方。原来这里有一道泉水，但在飘雪之前水就满溢而出并铺展开来，因此形成几乎光滑的冰层，覆盖了山坡。在这片结冰的山坡上，我像火箭那样迅速前行。接近底部，坡度骤然变得平缓，我升腾起来好几米，身子犹如一只射门的足球，以一条彩虹似的弧线射向空中。在升腾起来的最高点，我能从空中俯视林木线上树林的顶端。

在空中腾飞了6-9米，我就落回到地面，以一种令人毛骨悚然的速度向前、向下扫掠而去。一棵矮小的树隐藏在积雪下面，几乎不曾穿过积雪突出来，因此在滑行中，它那暗藏的枝条卡住了我的雪鞋，并将其撕破，最终悬挂在树端上，而与此同时，我一个倒栽葱翻滚到了1.2米深的积雪中。尽管如此，这还是我所经历过的最伟大的滑行。站起身后，我顺着自己滑下时留下的痕迹回望山坡上面。大约两小时后，太阳就会西沉，而要爬升到我开始下滑的那个地方也需要那么长的时间。但是为了找回雪鞋，我毫不犹豫地转身爬上山坡，从这世界的屋顶上再度滑下来。

这次滑行结束的时候，天色已经暗了下来。我在附近找到了一个松散的雪堆，把睡袋推进去，然后掸掉身上的雪，便溜进了睡袋，打算睡一觉再起来生火，享用葡萄干晚餐，但没想到的是，我却一头睡了过去。

当我醒来的时候，天色尚未亮起来，于是我决定再进行一次盛大的滑行。我重新爬上山坡，迅速下滑，猛然落在北边100多米之处，就在我过夜的营地下面400来米。

拿到睡袋之后，我继续顺着山坡下行。山坡上的森林中，深厚的雪地上，我发现了各种动物留下的踪迹，形形色色、变化多端，其中有耗子那种缝针似的踪迹，雪鞋兔（snowshoe rabbit）脚掌硕大的踪迹，松鼠前往贮存在积雪下的冬天松果供应处的踪迹，松鸡（grouse）、营地鸟（camp bird）和冠鸦（crested jay）留下的踪迹……行进中，我还偶然遇到了这样一个地方——一只耗子从积雪中的洞孔向外窥探，不料一只猫头鹰从天而降，将其捕获并吞食。在另一个地方，一只丛林狼（coyote）在呈 Z 字形地漫游了数公里之后，终于发动了突袭，在一丛白雪覆盖的灌木下捕获了一只松鸡。我还越过了一只仅有三条腿的雪鞋兔留下的踪迹，但不幸的是，一只野猫（wildcat）的踪迹紧随其后，看到这样的情形，我真希望自己能了解它们之间究竟发生了什么故事。但最终，我遇到了我一直在寻找的大型动物的踪迹。

探访鹿群的冬令聚居场地

在积雪区域，驼鹿（moose）、鹿和麋鹿（elk）显露出它们在冬天特有的生活方式，而这样的生活方式使得它们不仅能够谋生，还能智胜来犯之敌。当积雪开始加深，这些有蹄类动物便聚集在一个小小的区域内，不断将积雪踩踏结实，这样就使得它们能够在上面往来自如。一条条交叉的小径连接着那些被踩踏结实的空间，这就使得它们能够四处奔跑、撤退、击退敌人，还能找到食物：在秋天，它们以各种苔藓和干草为食；当积雪渐渐加深，它们就以那些生长得较为低矮的灌木——桤木（alder）、柳树、桦树的嫩枝和叶片为食；而当它们踩踏不断加深的积雪，依然待在积雪表面的时候，它们就以山杨（aspen）和其他树木低垂的枝条、云杉和铁杉（hemlock）的针叶为食。

我偶然遇到了有三四十头鹿聚集的冬令群居场地，这个被踩踏得很结实的空间，位于那种约有800米的鱼钩形路线之内，这样的地形是由一条山溪环绕而形成的。在拱起的柳树下，一段踩踏结实的小径从中穿过。在一个地点，山溪两侧都有那种小小的、湿淋淋的海绵状区域，很多雪刚一飘落下来便融化了，不会结冰。在这些小小的区域上面，这群鹿反复踩踏，吃蓝色的滨紫草（mertensia）和其他植物的叶子。第一场降雪就覆盖了这些植物，并将其保存起来，因此现在依然翠绿。

山溪陡峭的那一段，流水迅疾，加上鹿群时常践踏，因此没有冻结。在这里开阔的水域中，鹿群吃光了所有能触及到的苔藓和水生植物。靠近"场地"的那个地点，一场雪崩从上面长长的山坡冲了下来，几乎卷走了所有挡道的积雪，清理出了一个大约六十米宽、一百多米长的空间。在这个被清理干净的空间里，鹿群到处踩踏，吃掉那些暴露在外的枯死的植被。不仅如此，在这个空间里，那些鹿还常常躺下来晒太阳，享受冬天的日光浴。

由于这样一个挤满鹿的场地，并不是每天都能看到的，因此我决定不再走远，而是停下来仔细观察这个场地的每一个角落，当然也要观察这些大耳朵、白尾巴的伙伴。如果我需要享受其他刺激，我可以前去窥探附近一道深深的、幽暗的峡谷。就这样，我靠近这个场地搭建了一个永久营地，在一道悬崖前面生起一堆篝火，火光很快就融化了周边的积雪，烤干了一小片开阔的地面，那里恰好容我铺开睡袋来休息。一般来说，在露营的时候，我通常会让篝火彻夜燃烧，半夜起来添加两三次柴火。在钻进睡袋之前，我脱掉鞋子，换上一双鹿皮鞋，和衣而眠。我很重视睡袋的清洁，每天都要把里面的帆布衬拆下来透透气。

我在这个鹿群场地来来往往巡游了两天。在穿过和围绕这个场地的过程中，我偶而还会接近那些鹿，它们退却时并没有受到多大的惊吓，通常只是走过几条交叉的小径，撤退到场地的另一区域。地面上，山狮（mountain lion）留下的踪迹从树林通往这里，这表明一只觊觎鹿肉的掠食者曾经偷偷摸摸地接近过这群鹿，但显然鹿群以自己的智慧战胜了那个掠食者，最终让它一无所获，悻悻地离开了。

峡谷中，小心翼翼地追踪熊迹

在爬下营地附近那道深深的、白雪皑皑的峡谷时，我攀附的一根树枝突然折断了，我一下子就向前翻滚了下去。坠落的时候，我不经意间俯视我即将着陆的地方，却猛然瞥见雪地上有一行新留下的熊迹。本来我一直希望能看见熊迹，但是，当我落到这处熊迹上，我却很紧张，赶紧站起来四下环顾，但由于浓密的树木挡住了视线，我只能看见几米之远。突然，我听到背后响起一阵沙沙声，便迅速转身，脚上穿着一只雪鞋，手里拿着另一只，但什么也没发现，心里非常紧张。就在此时，一只营地鸟在我背后发出一声低沉的鸣叫，这才让我长舒了一口气，打起精神，继续到处观察。

遇见熊迹，本来足以让人激动，但在峡谷中落到一处熊迹上，却令人毛骨悚然——如果在这样的地方遇见熊，那便是狭路相逢了。从我伫立之处，我能从熊迹中推测出那个家伙曾经用后腿伫立，把前爪搭在一根树枝上，我推测它是在观望、聆听。在距离我更近的地方，那些混杂的熊迹和留在树枝上的一撮毛发表明，它曾经在那里摩擦后背挠痒。我悄悄前行，从一棵树慢慢地轻轻地走到另一棵树，看见那些熊迹在深深的积雪中呈现出一条有规律的踪迹——雪地上，那头熊一度来回走动。我小心翼翼地追踪这条踪迹，前往一道幽暗的、树林覆盖的峡谷一侧，一个熊的巢穴就隐藏在那里。

从这个巢穴开始，熊迹沿着一道峡谷的侧边上行，越过森林中的一个空旷地，就来到了一片硕大的峭壁顶上。在那里的阳光下，那头熊可以观察四面八方的情况。显然，那头熊从巢穴中出来过好多次，每次出来，它都要前往那片峭壁，在那里享受日光浴。

几乎所有的熊都会冬眠。在落基山中，我的家园附近的大灰熊都会冬眠3-5个月。在峡谷侧边、树根下面、很多倒下的木头下面，或者在沙砾构成的山坡上的隧洞中，我都发现过它们的巢穴。不仅如此，我还多次在整齐的树枝、废物、草丛和树皮堆里发现它们的巢穴——它们先把这些东西堆积起来，然后爬进去冬眠。大约在12月1日，熊会空着肚子爬进巢穴睡觉，它们似乎不吃不喝，直到第二年春天才开戒。但在接近春天的时候，大灰熊，也许还有其他熊，偶尔也会从巢穴中出来透透气，或者活动活动筋骨。

我动身返回我在悬崖附近的营地，但在途中，我遭遇了大灰熊新近留下的另一行踪迹。我回溯这行熊迹，打算仔细探索它那废弃的巢穴。但由于到达时天色已晚，而且远离营地好几公里，因此不方便回去，我就决定在那个废弃的巢穴中过夜。巢穴中，除了从那头熊的熊掌上脱落的皮屑和一些毛发，那片沙砾铺成的地面十分干净。但是，巢穴中臭味熏人，我不得不退出来，没有睡袋，只得露天而眠。幸好，在距离巢穴不远处的大岩石之间，我找到了一个洞穴般的地方。于是，我砍下很多小树枝，将其填塞在岩石之间较大的口子中，挡住从那个方向吹来的风，然后用一只雪鞋舀出里面的积雪，生起一小堆篝火，篝火燃遍这个洞穴般的地方的地面，很快将其烤暖、烤干。

露宿旷野之后，那头熊竟然引着我回家

我当时处于一片被烈火烧死的树林边，因此那里有大量的木柴随手可取用。尽管积雪很厚，很难抓住攀附物，但我还是收集了很多木柴备用。生火的时候，我先把三根短短的木头放在空旷地前面，再把一些较小的木头放在这三根木头上面，然后在这堆木头的顶上放置了一些更小的木头，最后才在这堆柴火顶部放上引火物。

我把小小的火推到前面，在这一大堆木柴顶部点火，这样，火焰就会燃烧得很慢，延长篝火燃烧的时间。在被火焰烤暖的地面上，我美美地睡了三个小时，期间一直没有醒来。然后，篝火渐渐衰弱，热量也减弱到很低的程度，温度计指示气温为 –12℃，我感觉有些寒冷，但是空气没有流动，夜晚安静得让人吃惊。我又往篝火上添了一些柴火，重新进入梦乡，呼呼酣睡起来。刚一醒来，我就立即动身，前去追踪那头熊的踪迹。

旅行中，我从不带枪，但正是因为不带枪，荒野才成了世界上最安全的地方。一般来说，熊只会杀死那些企图杀死它们的人，而我从不曾打算猎杀任何野生动物，所以很安全。我在露营这方面所做的事情，是任何一个男孩都可能去做的，而且这样的户外活动花费也不高，我的露营装备根本不算贵，但要在户外露营，最重要的是，要有睡袋和雪鞋，当然，我始终都携带着一台柯达相机，随时用镜头记录荒野中那些有趣的场景。

一路追踪那头熊，把我带到了距离我先前的营地仅有 400 米的地方，因此我正好拿到了留在那里的睡袋——万一我追踪那头熊远离此地，我就可以为第二天晚上过夜而做更好的准备。在树林中漫游了好几公里之后，那头熊开始朝着大陆分水岭的顶上径直而去。下午 2 点，我就跟随它的踪迹越过了顶部，走下东坡。此时，我距离它以前的那个巢穴至少有 24 公里之遥了。不过，那头熊刚一抵达东坡的林木线，就开始沿着山坡一路前行，仿佛走向一个明确的地方，于是我缓缓下行，仔细寻找它的身影。终于，我用望远镜看到它在阳光下坐在一个洞孔边上，那个洞孔显然是它的一个老巢的入口。

观察了一阵之后，我看见它开始在雪地上打滚儿，摩擦后背，然后就钻进了那个洞孔。无疑，它已经厌倦了自己以前的老巢，或者因为某种别的缘故而做出了改变。从它的行为来看，它很可能以前就使用过那个洞穴。

虽然此前我打算去拜访西坡上的那些定居者，但此时我发现，那头熊已经引着我走在了回家的半道上，而且我在沿途不曾见过一个人，甚至不曾路过一座废弃的房子，因此便打消了拜访定居者的念头。

我的这个假期并不长，既然现在我已经来到了大陆分水岭的东坡，那么我干脆就一路回家，走过32公里的路程，返回我的小木屋。大约凌晨1点，我回到了小木屋，一进门便把睡袋扔在地板上，上床呼呼大睡起来。

第 2 章　化石寻访记

Hunting for the Animals of Past Ages

在美国俄勒冈的约翰戴伊河畔，一个少年有幸成为化石考察队的编外成员，他初战告捷，第二天就在野外发现了远古巨猪化石。这个地区化石丰富，远古火山一次次喷发，裹挟着火山灰和熔岩流覆盖地表，掩埋了大量树木和动物尸体，这些动物特征明显，被埋葬在沙子下、洞穴里、岩缝中，成为不同岩层中的化石。在后来的时代，水流慢慢将其冲了出来，在这里形成了著名的约翰戴伊化石床。在这些远古动物中，一些早已灭绝，而另一些则通过缓慢进化而生存到了现在。美国的始祖马最初体形很小，经过不断进化，体形才开始增大，但在冰期完全灭绝了。此次考察还发现了美洲的原始骆驼，它们体形很小，通过史前的大陆桥前往欧洲和亚洲定居……

化石考察队的编外成员

多年以前，我来到俄勒冈的约翰戴伊河（John Day River），遇到了一个科学家团队正在那里挖掘化石——矿物化的史前动物骨骼。其中两个地质学家正仔细检查一块刚从野外带回来的剑齿虎（sabre-toothed tiger）的化石碎片。当我告诉那个负责的科学家，表达我想看看史前动物的愿望，他回答说他很高兴让我留在营地，在周边的乡野中探索化石，而这正是我想做的事情。

第二天早晨，我感觉自己就像一个强有力的猎人，仅仅拿着一把鹤嘴锄，就动身去寻找那些古老的巨兽了。离开营地大约 3.2 公里之后，我就开始攀登陡峭的峡谷北壁，因为营地里的人告诉我要在每一道峡谷的崖壁上寻找化石的"迹象"。在以往的生活中，我熟悉一些追踪马匹的技能，还带着柯达相机追踪过各种野生动物，但要寻找那些已经灭绝的水獭（otter）、河狸、大象和野狗（wild dog）也同样令人刺激。在这个地区，史前动物的化石异常丰富，它们生活在地质学家所称的"渐新世"（Oligocene Epoch）时代，距今三四百万年。

在高高的峡谷侧边，我俯视伫立在河流附近的那些高大的云杉，湍急的水流泛起泡沫，咆哮着穿过布满大圆石的河滩，而众多渡鸦（raven）要么四处飞翔，要么一身乌黑而神态庄重地栖息在峡谷顶上。

在一些地方，灰白的岩石近乎崩溃，峡谷的壁架狭窄，崖壁的很多地方都近乎垂直。面对陡峭的崖壁，我以前在落基山中积累的攀登经验就派上了用场。顺着崖壁，我慢慢向上探索了800米，这让我接近了天际线。我头上的崖壁垂直向上，如果我能爬到那块突出的浅黄色岩石上，我就能抵达崖壁边缘，然后把自己拉到崖顶上去。由于这块突出的岩石很大，看起来足以承受一头大象，也由于它没有露出任何裂纹，似乎很牢固，因此我就小心翼翼地爬了上去。但是，正当我在岩石上平衡地直起身子的时候，却不料那块岩石一下子就断裂了，轰隆隆地坠落下去。

本来我把鹤嘴锄背在背上，但在我坠落的过程中脱落了，掉下去击中一块岩石，并远远地蹦跳到空中，我在下坠之际看见了它。我自己则掉到了下面两三米的一堆火山灰和沙砾中，然后滚动、滑行了大约九米才停了下来。好几升沙子和灰土灌进了我那敞开的衬衣领口，让我浑身不舒服。我站起身来，脱下衬衣抖掉里面的尘土，才走到下面的河流去寻觅鹤嘴锄。经此坠落，我的左手拇指受了伤，肿大成平常的两倍；我的额头上也留下了一个大肿块。但这些历险丝毫没有令我退缩，我毕竟是"化石猎人"。

就在我抖落衬衣上的尘土之际，在峡谷崖壁上断裂下来的让我翻滚的岩屑和泥土中，一块石头引起了我的注意。我俯身拾起这块易碎的小碎片——这就是一块化石。大多数化石都很容易碎裂，在接下来的那几周，我不断攀爬悬崖寻找化石，看见了很多化石从崖壁上突出来，但为了保护它们，我在攀登陡峭的崖壁时并没有将其当作依附之物。

我用鹤嘴锄在那里刨了两个小时，才发现那块断裂下来的岩石原来是一个化石窝。这窝化石位于容易刨出来的火山灰之中，如此惊人的发现，自然让我激动不已，不仅忘记了吃午饭，还完全忘记了爬到悬崖顶上，直到接近日落时，我才注意到时间。天黑之后，我带着一块化石回到营地，这块化石让那位科学家眼前一亮，他对此很感兴趣，因此第二天一大早就让我带路前往那道峡谷。当我们到达崖壁上的那个化石窝，他查看一番之后欣喜不已，立即打发我返回营地叫两个人过去帮忙。然后，在他的监督下，我们挖掘出了整整一堆化石。

首战告捷：发现史前巨猪化石

那天晚上，考察队的成员都围坐在营火旁边，那个科学家站起来宣布我的发现——每当有了新发现，他都要采取这样的方式来予以说明。大家一直在对我开玩笑，说我可能发现了稀奇古怪的动物，但由于这是我听到此类宣布的第一个晚上，我就确切地感到我有了一次非凡的发现。在科学家开始讲话之前那种突然的静息中，我很想知道那些更大的化石是否是大象化石。

"这个孩子昨天发现的野兽，是我们团队发现的第一个物种。它是一头巨猪（Giant Pig）。"

他如此宣布之后，立即引起了大家的一阵欢笑。

"孩子，你要留神些，说不定明天你就会遇到一只更大的动物。"营地的厨师对我大声嚷嚷。

科学家继续说："这种动物已经够大的了，它的身高约有1.8米，类似于阿肯色的尖背野猪（razor-back）。"

这个团队包括我在内，一共有八个人，团队中没有爱发牢骚的人，厨师，实际上是每个人，不仅心地善良，而且还很快活。我猜想自己成了他们大多数玩笑话的风暴中心，而我根本猜不到那些玩笑话什么时候来临，但就是会来临，而且经常来临，都集中到我的身上。

我们的营地一共有六顶帐篷，距离河边仅一箭之遥。高大的云杉散落在我们的四周，陡峭的峡谷崖壁高耸而起，直插云天。

营地上，一顶帐篷是饭厅、厨房和厨师的家，另一顶帐篷被当作搁放补给品和化石的贮藏室，其他帐篷则是队员们睡觉的休息区。我不在乎有没有帐篷，因此就在峡谷北壁边一块悬垂的岩石下面睡觉。我们的营地距离哥伦比亚河（Columbia River）也许有96公里，距离胡德山（Mount Hood）西南部大约有80公里。

印第安人所称的火山，在很久以前就用成百上千米厚的灰烬和熔岩覆盖了这个地区。胡德山、马札马山（Mount Mazama）——现在即是火山口湖（Crater Lake）毁坏的残余，还有沙斯塔山（Mount Shasta）和其他火山，间或裹挟着火山灰一次次喷发出来，深深地覆盖了成千上万平方公里的区域。很长时间以来，在这些火山喷发之间，树木就在火山灰覆盖的地域生长出来，成千上万的史前动物在这片土地上漫游。然后，这些喷发出来的灰烬或者风掩埋了那些树木和动物，它们的骨骼就渐渐变成了化石。一层层火山灰，由于其自身的重量和大自然的黏合剂，被转化为石头，而水和火山灰中的化学物质也把那些骨头变成了一种石头——化石。在这些骨头没被压碎或折断的地方，尽管它们早已变成了石头，看起来却依然很像古老的骨头。

这些地质变化发生在200万年或更早之前。在距离现在更近的地质年代中，整个地区都被熔岩流所覆盖了，这种覆盖物厚达300来米，形成了地质史上著名的最大的熔岩流之一。在接下来的很多个时代，雨水与河流持续、稳定地冲走地表的泥土，在这片高原上深深地切割出了水道和峡谷。很多河流，尤其是约翰戴伊河，水流切割进了化石沉积物，因此大量化石被冲走，但另一些化石则未被河流的力量揭开，在一些地方，还看得见它们在峡谷崖壁上突出来。

很多不同种类的动物死去之后，便把化石留在了这片古老的灰白色岩石上，其中有古老的小马。曾几何时，成千上万的小马——那种身高几乎不及人的膝盖的小马，漫游在俄勒冈各地。一天晚上，在厨师的帐篷与河流之间的那堆营火旁边，有个人询问我想要发现什么。"一匹马。"我回答。当那个科学家问那匹马是否就是雷兽（Chalicothere）那种类型的时候，大家都放声大笑了起来。

科学家继续说："现在已经灭绝了的雷兽，体形似乎与一匹现代马相仿，它有马的身子，脑袋和脖子却像长颈鹿，但脚上长着爪子，有些还类似熊爪。""那可是能在马戏团表演的好类型啊。"厨师大声嚷嚷了起来。"你确定对于它有开猎季节吗？"我问道。作为激动不已的猎人，我在第二天一大早就拿着鹤嘴锄出发，前往这片高原顶部一道更小的峡谷，去寻找那种雷兽。临行前，我还特别叮嘱厨师："如果我真的获得一头雷兽，我想让你带着你的柯达相机出来，给我和那头雷兽合影，用这种方式来模仿那些获得猎物的猎人的姿态。"

约翰戴伊化石床——化石宝库

其实，每个人的脑海中都有自己渴望发现的某种动物化石，同时还有若干种也乐于发现的其他化石。在围绕营火闲聊的时候，大家纷纷表达了自己对某些动物的兴趣，其中有马、虎、河狸、水獭、犀牛（rhinoceros）、雷兽、野狗、野猪、獾（badger）、貘（tapir）、松鼠、臭鼬（skunk）、野兔等。

在这片古老的俄勒冈高原上，这些物种和其他物种都留下了大量化石。

显然，这些动物曾经生活的地方是平原，或多或少地生长着树木，可能还有灌木。如今人们已经找到了化石树——"石化森林"。这些化石树由断裂、倒下的木头组成，其中很多都被烧焦了，但残留的树桩依然扎根于它们曾经生长之处。这些化石树种类繁多，其中有红杉（redwood）、胡桃（walnut）、美国梧桐（sycamore）、桤木、矮桦（cherry-birch）、柳树、松树、白杨（poplar）、漆树（sumac）和木兰（magnolia）等。

在当时，和煦而温暖的气候似乎一度很盛行。正如我所记得的那样，我们发掘出来的唯一的树桩种类，就是红杉——就像如今生长在加利福尼亚的那种红杉、柳树和一种木兰——有些类似如今在南部的那些州里发现的木兰。

这些约翰戴伊化石床（John Day Fossil Beds）举世闻名，产自这一地区的化石如今已被众多博物馆收藏，其中一些还成了私人收藏家的心爱之物。在这些动物化石当中，有很多几乎可以被分类成庞然巨兽——两种或多种类型的动物混合体，比如雷兽，似乎就是由如今所能看到的三个或多个物种的不同部位混合而成的。澳大利亚的鸭嘴兽（duck-bill）——一种产卵的动物，具有水獭的身子和鸭子的嘴喙，就是现在的物种中依然具有那种混合体的珍稀动物。这是一种活化石。但在渐新世之后的那些时代里，气候频频变化，草和其他种类的食物得到了进化、发展，这些因素导致动物的生活发生了改变。约翰戴伊地区的物种生活在一个新纪元，在那个时代，现代形态正在进化、发展，但尚未呈现出清晰的形态。在那些生活于地质年代的动物当中，大量物种早就灭绝殆尽了。但是，我们如今的所有动物物种都是地质年代中那些动物物种的后裔——那些物种并没有灭绝，而是从一个时代变化到了另一个时代，最终形成了现代类型。

"有没有人在化石中找到鹿角？"有一天我询问大家。

"没有，在渐新世那个时代，真正的鹿尚未进化出来，我认为那时的鹿都没有角，"一个地质学家回答道，"鹿只是在稍后的时代才存在，而且长着四只角，其中两只长在脑袋顶上，另外两只就长在鼻子上面一点儿，而它的牙齿则有些类似狗牙。"

这话听起来就像是一个奇异的故事，是为了帮助我而经常讲述的，但那个地质学家继续说道："在渐新世那个时代，很多奇异的动物物种都穿越后来的时代而慢慢变化，越来越像我们今天的动物。与此同时，渐新世的马、野狗、河狸以及其他很多动物，仅仅稍微类似于我们今天的马、狗与河狸，它们毕竟是那些生活在当今的动物的先祖，在生活于渐新世和现在之间的那些动物的化石中，我们发现了一些形态，而那些形态又显现出一系列变化，通过那些变化，它们就从渐新世的那种特殊形态进化到今天的专业形态。"

跟随科学家外出考察，聆听教诲

在考察队中，大家始终提醒我要留心另一种动物，那是一种长着牛一般的蹄子，像猫一样爬树的动物。在漫长的地质年代中，这样一种虽然体形较小却很古怪的动物的确存在过。

一天傍晚，一个地质学家对我说："在渐新世那个时代，生活着一种动物，这种动物拥有一个由五种类型相结合的名字，它可能会预测天气，就像土拨鼠（ground-hog）那样生活在巢穴中，然而它的脑袋上长着头角。"

"根本没有这样的动物吧。"我回答。但在那样一个时代，确有这样的野兽存在过。

整整一天，那个科学家都带着我在野外考察。我们爬到高原顶上，前往距离营地将近 20 公里的一道干涸的峡谷。一路上，我不停地问他是否所有的化石都形成于火山灰下。他回答说，很多化石形成于风吹来的沙子下面，一些化石形成于洞穴里面，还有很多化石形成于地震在地表的各种岩石上留下的裂缝之中，而且动物时不时会陷入沼泽、湿地或流沙，渐渐就变成了化石。动物和植物有很多变成化石的方式和地方，但最普遍的地方是在湖底或海岸的泥淖之中。也许大多数化石形成于河流三角洲水线之下的泥淖中——循环的水流移动动物或植物掩埋在水线之下的残余物质，将矿物质沉积到恰当的位置上。因此，大多数化石就成了矿物化的石头。任何原来的动物或植物很少保存下来。

他继续说，以前其他时代的生命留下的所有记录都是化石。比如我们经常在砂岩上见到的树叶印痕，被掩埋的尸体腐朽之后留下的霉菌，动物留在泥淖中的踪迹，后来都变成石头，统统都是化石。在经常不被人认为是化石的其他东西当中，还有琥珀和煤。

年代更久的化石的年龄长达亿万年，如今，人们已经发现了很多来自过去各个时代的化石。

地球上有成百上千处化石床，仅在俄勒冈就有好几十处，我还认为，美国的每一个州至少都有一处。在西部大概八个或十个州里，都发现了化石马。

我们拜访了那道干涸的峡谷，在靠近底部的崖壁上，科学家把一条被填塞的小冲沟指给我看。在很多个时代之前，流水就在古老的地表上形成了这条冲沟。现在的这种火山灰覆盖物落下来，把它给填塞了起来。他还说，这类被填塞或被掩埋的冲沟和峡谷多达成百上千。

我们没有找到一块化石。但他说，如果继续勘察这道峡谷，则大有希望会发现化石，他还要我以后对每一个地质学家指出这道峡谷的重要性。在返回营地的路上，我们看见了四群羚羊，在白天，我们还有好几次看见了丛林狼的身影。

那天晚上，科学家在营火旁边说："今天在我离开的时候，有人拿回来一块非常了不起的化石马骨骼。这种马的每只蹄子上有三根脚趾，中间那根脚趾发育得最为健全；它那奇异的牙齿用来吃嫩枝和树皮，在它生活的那个时代，草还没有在地球上进化、发育出来。如果它身材肥胖，那么它的体形就可能像小绵羊那样大。在它生活的时代之后的那个新纪元，即我们所称的'中新世'，草才初次生长出来，马的牙齿后来才变成了适合吃草的牙齿，正如我们现在的马的牙齿那样。"

始祖马的进化故事，发现原始骆驼化石

那天晚上，我跟一个地质学家谈到了史前的马，我们谈兴很浓，一直谈到其他人都走进帐篷睡觉，我们还意犹未尽。于是第二天一大早我就外出了，沿着峡谷崖壁攀登，希望能看见一匹渐新世的小马化石从岩石上突出来。

目前已经发现的最古老的马化石，属于距今大约 400 万年的"始新世"（Eocene Epoch）。这种马以始祖马（Eohippus，Dawn Horse）而知名。在那个时候，它的身材还不到 30 厘米高，每只蹄子上有四根脚趾，还有一根尚未发育。有人曾经这样写道：

小小的始祖马说：

我要成为一匹马，

我要在我的中趾甲上

沿着尘世的路线奔跑。

到了接下来的那个时代，即渐新世，它的身高渐渐进化到了
60 厘米，脚趾的数量也减少到 3 根。再接下来的那个时代，即中
新世，美国西部大平原的地形渐渐开始抬升，最终变成了一片辽
阔的、青草丛生的大草原。这种马显然得益于草丛的滋养，迅速变
化、发育：腿变长了，中趾甲最终变成了一根脚趾，大脑也得到
了进化。这种马是一个典型的进化故事，述说了那种不断进步的
生物变化。当冰期（Ice Age）出现的时候，这种马至少有十个种
类，其中一种的体形比现今的任何马都要大。尽管这种马的数量
曾经多达千百万，但在冰期来临的时候，它们便在美国完全消失了。
目前还没有人确定这种马灭绝的原因。如今的美国马，是西班牙
人带到墨西哥的阿拉伯马的后裔。

尽管我进行过很多次快乐的搜索，还说服大家在陡峭的崖壁
上仔细检查无数的化石，但也不曾发现一匹中新马（Miohippus）。
于是厨师敦促我去买一匹设得兰矮种马（Shetland），尽管那种马
的体形比中新马要大得多，但他认为这种马和我发现的巨猪可以
成为一个良好的开端——去举行马戏团游行。其实，他这是对我
善意的揶揄。

有一天，在距离营地大约 16 公里的地方，我发现了一些很有

希望成为珍品的化石，但那个地方如此遥远，因此好些天过去了，那个科学家才骑马赶过去勘察现场。一天早晨，他和两个地质学家拿起工具开始工作，把那些化石小心翼翼地剥离其所埋藏的岩石，尽管那些岩石并不坚硬，却很牢固。在清理那些覆盖化石的岩石的过程中，我们使用了鹤嘴锄和铁锹，接下来，地质学家使用了錾子、锤子和尖尖的小圆凿，最后还使用了锥子和毛刷。这样做无非是要把化石从岩石中完完整整地发掘出来。而要把小小的化石从坚硬的岩石中发掘出来，往往需要好几天时间。在这个发掘现场，我们耗费了2天才发掘出了11块小小的化石骨头。

"这个孩子又有了一次发现，如果他继续有新发现，那么他就能早早地举行一场马戏团奇异动物的大游行了，而这正是厨师所一直为他做打算的事情。"就在此时，一阵疾风从营火中吹起烟灰，遮住了科学家的脸。

"别让那件标本丢失在另一阵烟灰下面。"厨师大声嚷嚷起来。

接着，另一阵旋风吹来，把灰烬、阴影还有火光投射到耸立的云杉树上，那个科学家坐了下来，继续说道："这个孩子发现了一种战利品，以至于巴纳姆①（Barnum）都会将其转变为财富——这是一峰身高仅90厘米的小骆驼。"

在一阵叫喊和笑声中，有人说："根本没有这样的动物吧。"

---

①美国马戏团经纪人兼演出者（1810-1891）。

"骆驼，"科学家继续一本正经地说道，"本来就起源和发展于美洲。在中新世时代，当所谓的大陆桥把美洲、亚洲和欧洲的北部宽阔地连接在一起，成千上万的骆驼和马似乎就成了旅行者，通过大陆桥迁移到了欧洲和亚洲，后来就决定待在那里。在骆驼和美洲的马走向那些地方的同时，美洲也接受了犀牛和其他多种哺乳动物外来移民。孩子，"他转身对我说道，"如果你坚持在田野上和书本中探索，你还会在化石中发现千百个令人激动的事实。"

化石具有不同的时代特征

有一天，厨师在营地下面 400 来米之处钓鱼的时候，无意间发现了一块化石，结果那块化石就是中新马——渐新世那种小马的一部分。在对他发现的马开玩笑的时候，他主动提出来，如果我发现一头雷兽，那么他就把那块小马化石给我。他突然问道："你会用什么东西来喂养雷兽呢？长颈鹿、马或熊的饲料，还是你会把所有这些饲料都混合起来，使之成为一种史前的杂烩呢？"

我常常冥思苦想，怎样才能辨明形形色色的化石动物所生活的时代。在漫长的地质年代中，也许有 100 个史前生物生活的时代。迄今为止，人们发现了来自 5 万年前的动物化石，也发现了也许几百万年，很可能是 10 亿年前的化石。

一天晚上，我们很多人在营火前缠着科学家，打算让他讲讲化石和不同的时代，这主要是为了帮助厨师和我增加知识。

"大家知道，"科学家说道，"化石有些类似于衣服。每一年或每一个时期都有其特殊的片段。大多数化石都是在沉积岩——石灰岩、砂岩、砾岩和片岩中发现的。在地球漫长的过去，流水——河流的冲刷在海里和湖泊中沉积成三角洲，因而产生了沉积物，三角洲的物质在海水中变成了岩石，这些岩石，如果一层一层地堆积起来，会厚达64公里。在生物出现在地球上之前，下面的24公里就沉积了下来，因此这些下层岩石中没有化石。比方说，从第二十五公里到我们如今所在的顶部，每一层里面都有化石。就让我们假定把这40公里的岩层分为100个生命的发展阶段吧，我们把含有极少数最古老的化石的底部编为第一层，把我们如今所在的顶部称为第一百层。

"在渐新世的这些动物身上，显现出高级而特殊的进化阶段，因此我认为会证明它们拥有第九十五层的编号。那些未曾述说的千百万年也许几十亿年的岁月和数不清的影响，让它们慢慢形成了现在这个样子。

"在第一层的远古时代，只有极少数种类的化石。这些化石都很小，很原始，样式也很简单。见过这样一种样式，你就绝不会跟第十层或者后来一些时代的样式或模型混淆。在某种程度上，每个时代的化石模型就像那种活化石——澳大利亚的鸭嘴兽一样明显而特殊。对于那些熟悉化石的人，每个时代的模型都有明显的外貌轮廓，即便它们没有烙上那个时代的具体编号，也会清晰地符合于那个时代的特征，属于一个明确的时代。

"在第二层，化石在数量上明显有所增加，而且样式也有所改进。稍稍研究一下，即便是这些特殊的伙伴身上并没有烙上第二层的编号，你也会想到它们属于哪里。

　　"在很多动物生活的那个时代结束之前，那些动物就死了。一些通过自己的后裔而进化、生存到下一个时代的动物，则在原来的外貌上显现出进化性的改变和进步。有时候，在一层中也有全新的化石。到了第五十层，化石就显现出种类增多，每个要害之处都有了明显改进的特征，而且外貌远比第一层和第二层的那些化石要好得多。"

　　所有的生命都随着时代的脚步而进步。当你仔细检查越来越靠近顶部的那些地层中的化石，你就会发现它们显现出更敏捷的形式、更好的牙齿、更大的脑髓。就在我们生活的这一层之前的那些地层或时代里，很多种类的生命都拥有了它们现今的形式，而其他种类，实际上几乎所有的飞禽、花卉和走兽，则早就像它们如今的这个样子了。

第 3 章　土拨鼠调查记

Celebrating Ground-Hog Day

长期以来，人们认为在2月2日土拨鼠节这一天，如果土拨鼠从洞口探出脑袋，在雪地上看见自己的影子，那么冬天就会再持续六周；如果看不见自己的影子，那么冬天就结束了。然而就在那一天，土拨鼠并没有露面，预测天气也就无从说起。其他动物也是如此，松鼠从7月底就开始收获松果，收获的数量与前一年相同；河狸从秋天开始为每一个冬天而不是某一个极寒的冬天做准备……因此，它们提供的信息根本无法预测天气。经验老到的探矿人认为，土拨鼠预测天气的民间传说只不过是迷信，根本不足为信。第二年的土拨鼠节，经过观察和等待，土拨鼠依然没有露面，倒是一只受惊的野兔从洞中逃出来，一只臭鼬紧随其后，那家伙一看见人便迫不及待地喷出一阵臭气……

土拨鼠预测天气的民间传说

秋天的初雪中露出了熊迹！老吉姆说，这是温和的冬天确切的预兆。然而，老吉姆刚才还一直跟我说，所有的预兆都指明这个即将来临的冬天会很冷、多雪：大雁（goose）早早就朝着南方疾飞而去，松鼠一直忙碌着收获松果直到深夜，河狸的皮毛比我们往常所见长得更厚，好几种鸟儿很快就会长出足够填充枕头的羽毛——动物们的这一切，都是在为漫长的寒冬而做准备。2月2日，土拨鼠肯定要从洞口遥望外面的雪地，看见自己的影子，然后退回到洞底继续睡觉，因为它预计冬天还要持续六周。我离开，试图去发现是否有其他熊也犯下同样的错误，跟这个著名的天气预兆相抵触。如此看来，要么是这头熊不知道自己在干什么，要么是这个严酷的冬天预兆并不准确。

每年冬天，熊都要冬眠。但如果它们还在附近，在初雪中留下踪迹，那么这就是一个确切的预兆：冬天将缓慢而来，当然，那些熊也不必匆匆忙忙转身睡觉。我在群山中往来奔波了两天，到处寻找熊迹，雪地上点缀着形形色色的踪迹，不过那都是鹿、野绵羊、耗子和鸟儿的踪迹。一只雪鞋兔留下的踪迹硕大得就像山狮的踪迹，而与此同时，一只棉尾兔（cottontail）和一只喜鹊（magpie）则留下了它们惨遭不幸的记录——两者都失去了一只爪子。第二天下午较晚的时候，我发现了一行清晰的熊迹，在回家的路上又发现了另一头大灰熊留下的踪迹。如今，大灰熊是树林中最聪明的动物之一，它们不曾听说将有一个漫长的寒冬的事实，这足以让我怀疑其他很多野生动物所显现出来的预兆。

对于土拨鼠的天气智慧，老吉姆怀有十足的信心，我听到每个提到他的人也都信心满满，因此，即使我忽视了善良的人们借给我的很多好书，我也悄然下定决心，去追踪了解土拨鼠的行为与活动，以便获得它所提供的相关信息。关于土拨鼠的天气知识是这样说的：在2月2日，这种动物会从冬眠中醒来，爬出洞穴，如果它在雪地上看到自己的影子，那么冬天就会延长六周；如果它没有看见自己的影子，那么冬天就要结束了。

我找到了附近的每一个土拨鼠巢穴，却仅仅发现了一行踪迹。这种动物很有规律，一般到了8月下旬，它们就像猪一样肥硕了，到了9月中旬便进入洞穴睡觉——随着秋天的第一片落叶翻飞、飘落，它们就会匆匆挖掘一个干净的新洞穴，钻进去沉睡到春天第一朵花儿盛开的时候。

在查询土拨鼠节（Ground-Hog Day）的时候，我偶然得知那一天恰好也是圣烛节[①]（Candlemas Day），我读到的文字是这样的：

> 观察刺猬用它所了解的
> 某种秘密艺术来筑巢的方式，
> 如此久以前的那种风吹的方式，
> 它就拥有人类所缺乏的艺术
> 认为它适合于创造我们的日历。

我认为，土拨鼠节根本不会到来。正如老吉姆所说的那样，冬天会寒冷而多雪。如果土拨鼠在2月2日看见自己的影子，那么它就会回去继续睡觉，同时冬天会再持续六周。但是，要是那天阴沉多云，那么春天肯定就离我们很近了，在一两天之内，土拨鼠就会寻找那阳光明媚的悬崖一侧，找到春天最初生长出来的绿色色拉，在漫长的冬眠之后敞开胃口，饱餐一顿。

土拨鼠没有露头，冬天结束了

2月2日那天清晨，天还没亮我就出去了。但那天早晨阴沉多云，除非天气晴朗起来，否则土拨鼠根本无法看到自己的影子，

———————

①指2月2日，传说土拨鼠在每年的这一天结束冬眠。

对于冬天会再持续六周之类的预言便可能被推翻，即如果土拨鼠的预兆是准确的，并且大家都说那是准确的，那么那些预言便可能会被推翻。那天一大早，刚能看清路况，我便动身出发了，前去拜访14个土拨鼠巢穴。我很想知道土拨鼠是否会在这一天出来，如果它们出来，我想至少能看见其中的一只。

我看见的第一只动物是一只野兔。它挺直地端坐着，实际上它几乎站立了起来。我听过有人这样说：当野兔们挺直地端坐的时候，那就是寒冷天气的一个确切预兆。天空无疑会晴朗起来，因此土拨鼠肯定能看见自己的影子！

从一个土拨鼠巢穴匆匆奔向另一个巢穴，我几乎踏破了靴子。低垂驰过的乌云弥漫开来，充满了整个山谷。看起来，没有希望看到阳光和土拨鼠的影子了。但是，不管有无影子，我都想看见一只土拨鼠从洞口探出脑袋来。我所拜访的位置最高的那个洞穴位于高而远的山坡上，我真希望那里位于云层之上，处于阳光之下。但令人遗憾的是，那积雪封住的入口表明，那个天气创造者甚至不曾从洞口探望过外面一次。2月2日那天，从早到晚都阴沉多云，我没看见一只土拨鼠。那么，冬天剩下的时日会怎样呢？那天夜里，我上床睡觉时这样重复道：

如果圣烛节明亮而晴朗，

这一年我们会有两个冬天。

冬天早早就结束了，这根本就不是一个漫长而严酷的寒冬。熊是正确的，土拨鼠也是正确的，即如果它们跟天气预测和安排有任何关系，它们都没错。但是鸟儿、松鼠与河狸——那些为冬天做了充分准备的动物都错了。然而，人类天气预言家理解这些野生动物的计划和准备吗？

我一路下山，走了24公里，前去拜访另一个男孩。我们讨论天气预兆，打算在下一个土拨鼠节再聚首，最重要的是，我们在仔细查看时要警觉，尽自己的可能去了解土拨鼠和其他动物的生活方式。

在7月的最后一周，松果刚一成熟，松鼠们就开始为过冬而进行收获了。它们把这些松果一小窝一小窝地堆积在树桩、木头和树根旁边，堆积在空心的木头里面。这些堆积松果的窝或洞孔大小如同知更鸟（robin）的巢穴，是在覆盖着森林地面的残叶和废物中掘下去的，每窝都有5-10枚松果，有的会达到20枚，这些松果的排列，最多不过摆成两排横队。每一只松鼠所聚集的松果堆都位于一个方圆大约三米的空间里面，距离其主人筑有过冬之巢的那棵树不超过九米。

第一只松鼠贮存了154枚黑松（lodge-pole pine）果，第二只贮存了116枚黄松（yellow pine）果，第三只贮存了257枚云杉果，还有一只贮存了400枚各种各样的松果和云杉果。而每只松鼠收获的，都是那些距离自己的家最近的果实。在前一年秋天，同样是这些松鼠收获了几乎同样数量的果实，就像这一年一样，它们将其贮存在相同的地方，以几乎同样的方式来安排自己的收获。由于每一年收获的果实比松鼠实际食用的要多，因此从这些松鼠的收获所提供的信息中，我毫无可靠的办法来预测天气。

两个土拨鼠巢穴状若蜘蛛

一天下午，乔治（George）骑马跑上山来。他扔下他那匹小马，让它站在那里，就匆匆忙忙朝我赶过来，其速度比我赶过去迎接他的速度要快。他带来一个惊人的消息：一只硕大的土拨鼠刚刚在他们家花园的一角构筑了巢穴。他的祖母确定这是寒冬即将来临的预兆。无论在哪里，只要飞禽走兽来到你的房子附近生活，那么寒冬就不远了——这是关于土拨鼠的知识中出现的新东西，我听见的时候既吃惊又颇感兴趣。

对于那只土拨鼠在那个地方筑巢，我无法了解是否还有别的原因。我认为，这只土拨鼠肯定很聪明。它也确实很聪明，夏天还未过半，它就成了这个地区最肥硕的土拨鼠了——它吃掉了花园中最靠近它的那个角落里的一切可食之物。

在夏天，我掘开了好多土拨鼠的巢穴，其中只有一个巢穴位于地表之下超过1.2米的地方。这些巢穴，每一个均约60厘米见方，30厘米高，有一条或几条隧道从巢穴通往地表穴。其中两个巢穴展现出来的形状有些特别，让我想起硕大的四腿蜘蛛的形态：其身子是巢穴，而每条腿则是通往地面不同之处的一条条隧道。

在掘开这些巢穴的过程中，我挖出了好几吨泥土和岩石。有一天，一个探矿人见状，便询问我是否在寻找金子。他看了我挖掘出来的好一些矿物化的石英块，便把他跟土拨鼠有关的一次经历告诉了我——他通过追踪一只土拨鼠挖掘出来的一块金丝水晶，发现了整整一条矿脉。

当我询问他关于土拨鼠节的情况，他则大笑了起来，说那是迷信，基于一种假设——土拨鼠在2月2日爬出巢穴。"但是，"他说道，"没有它出来的记录，我也没能找到任何在这个特殊的日子看见它的人。在2月2日，我频频观察土拨鼠，在通往它们雪封的巢穴入口，却没有看见它们或发现它们出来的任何记录。土拨鼠、熊或其他冬眠的动物，都有可能在这一天或任何一天出来，但那对天气没有丝毫影响。"在那个探矿人赶着驮驴继续行进之前，他还拿起一块木炭，在一块洁白的山杨树皮上画画，教我怎样画出我挖掘开的那些洞穴的形状。

在食物和挖掘条件都最有利的地方，在一个相对狭小的区域内，有时会有众多巢穴，但条件一定要对筑巢最有利才行。土拨鼠的巢穴常常位于露出地表的岩石壁架旁边，在沙砾土壤中更佳。有时候，在一块岩石侧边，在岩石破裂处里面，土拨鼠会有深入挖掘的机会；其他巢穴则位于大圆石堆旁边和下面，要不然就位于大树的根须下面。但无论怎样，土拨鼠都渴望有一种地形背景——某个良好的地方，它可以懒洋洋地躺在阳光下，感到很安全。

土拨鼠长得多么像肥猪，因此当它拍击尾巴，匆匆地、急促地奔向巢穴的时候，会露出一副滑稽的样子。它的身子沉重，腿短，不过是一种低速动物。由于天敌众多，它一般都在巢穴附近活动，不敢走远，一旦遭遇危险，便迅速钻进巢穴躲避。

不过，也有例外的情况——老土拨鼠会漫游到远处。有两个夏天，我在朗斯峰（Long's Peak）上为游客充当向导，一只土拨鼠就来到了顶峰上。当我带着一队登山者到达顶峰几分钟之后，它就现身出来，等待我们吃剩的午餐碎屑。在它对我们更加熟悉之后，它竟然不再等候，想径直跑上前来，从我们刚刚摆好的食物中任意享用一番。这只老土拨鼠的冬天巢穴位于山顶下面 60 米之处，距离峰顶有一定距离。土拨鼠这种动物也会漫游，尤其是到了春天，它们会寻找那些最初发芽的绿色植物来享用，从它们留下的踪迹来判断，它们知道在哪里最有可能找到这样的绿色大餐。

土拨鼠预测天气的传闻不足为信

在我的小木屋附近，生活着一只土拨鼠，我曾经想给它称重，于是在它爬出巢穴的时候，就迅速堵住巢穴入口，以防它逃回去。然后，我设法把它装进一个麻袋。这只土拨鼠可真是一头肥猪，体重居然超过了天平 10 公斤的最大限度，我也不知道究竟超出了多少。这只土拨鼠的后背为黄褐色，身侧有一个橘黄色的腹部，面颊几乎为白色，爪子为黑色，额头也几乎为黑色，它那长约 25 厘米的尾巴上面覆盖着毛发，长达 10-15 厘米。这条尾巴扫动起来就像是一把大灰尘掸子。这个家伙和其他很多土拨鼠由于生活在附近，已经变得半温顺了，每当我拿着芜菁或其他东西走向它们的时候，它们会立即凑上前来索食。

有很多次，我在一个巢穴周围看见过四只土拨鼠幼崽，它们常常在阳光下睡觉，而在其他时候，它们会围绕树桩相互追逐，要不然就在岩石上面玩捉迷藏的游戏。在 8 月，我有好几次发现这些幼崽在给自己挖洞，我不知道它们究竟是自己离开了家，还是母亲将其撵了出来，让它们独立生活。

土拨鼠会冬眠，但它们的表亲——草原土拨鼠则通常不会冬眠。有一天，我在观察土拨鼠的时候，注意到有两种花栗鼠（chipmunk）也在冬眠。不仅如此，大黄蜂（bumblebee）也是冬眠者，仔细检查蜂巢会很好玩，此时大黄蜂正在里面静悄悄地睡觉，它们的刺就不会刺戳。因此，一个人不必在发出友好的呼唤之后奔逃，四处拍打那些追逐者，而对于这样的呼唤，大黄蜂根本就不会领情，还经常假装理解为不友好。

在美国的大多数州，都能发现土拨鼠的身影。它们也被称为花白旱獭（wood-chuck）、岩石旱獭（rock-chuck）、"投掷者"（chucker）、旱獭（marmot）。如果它们的家靠近花园或庄稼地，那么地主们就很可能不欢迎它们，因为它们对那里的东西进行了太多的劫掠，而那些东西恰恰又是主人自己所需要的。不过，它们也常常遭到其他动物的劫掠——有时候，狼、狐狸甚至熊会到处搜寻它们，将其挖掘出来果腹。因此我常常疑惑，这种天气知识究竟是怎样稀里糊涂地赋予土拨鼠的？

第二年秋天，我依然对那些所谓的预兆半信半疑，便外出漫游，寻找熊迹以及被假设预先展示天气秘密的一切。我询问过好多猎人、设置陷阱捕猎者和其他人，请他们解释怎样确切地辨别鸟儿与河狸长出了比往常更厚实的皮毛外衣，但都一无所获，似乎没有人知道确切的辨别方式。

于是，我丢掉这些预兆，前往河狸聚居地调查。一个河狸聚居地的成员特别早就开始了劳动，但由于它们在新建一座房子，自然就比其他河狸聚居地更早地开始劳动。一个河狸聚居地的成员切割了 293 根山杨，堆积在池塘中作为过冬的食物；另一个聚居地的成员——就在溪流上游仅一分钟路程之外，则仅仅收割了 68 根山杨。那些被修理的河狸堤坝似乎需要得到修理，那些没有被触及的堤坝则无需注意。在试图了解怎样通过河狸的劳动预测天气的过程中，我感到很头疼。每一个河狸聚居地似乎都有自己处理事情的方式，或者每一个聚居地都在做需要做的事情。成员众多的大型聚居地可能进行了大收获，但成员甚少的小型聚居地则只需小收获就足够了。我不相信河狸会对天气做出任何猜测，它们会为任何一个冬天而做准备。河狸这种动物的生活方式让人异乎寻常地感兴趣，但它的很多习性还并不那么广为人知。据说，如果它贮存的食物供应多于往常，或者长出的皮毛厚于往常，那么那个即将来临的冬天就会比往年的冬天要寒冷。但是，任何一个快乐的男孩，只要在秋天观察河狸聚居地，都会意识到每一年秋天开始之际，河狸都会为真正的冬天而做准备。

9月初之后，就看不见大多数土拨鼠的身影了。我周围的很多土拨鼠都挖掘了新巢穴。夏天，在外面草甸的岩石堆旁，很多土拨鼠都拥有巢穴，此时它们都搬回到树林之中。土拨鼠冬眠的那个巢穴入口，似乎在地表下几十厘米就被部分塞住了，这让我看不到它们在土拨鼠节那一天出来的打算。经过仔细检查，我发现每个冬天的巢穴都有一条短短的隧道，这条隧道通往沙砾之中，而在这条隧道的尽头，排泄物被掩埋起来。显然，当花白旱獭进入巢穴过冬，它就打算在里面待到春天才肯出来。

土拨鼠节那天，土拨鼠还是没有露面

在土拨鼠节之前的两个夜晚，我下山前往我的朋友乔治家。我想恰逢其时地到达那里。乔治很固执，依然坚信那些预兆和涉及这种神秘的天气知识的一切。当我讲述了我的很多观察，我读到或听到的很多事实之后，他还是继续相信那一套，不过，他也想看看会发现什么。

土拨鼠节那天早晨，天气绝对晴朗。地上覆盖着十几厘米厚的积雪，我们之所以想要地面覆盖着积雪，是因为在预测者中间有这样一种争论：如果在雪地上看不见土拨鼠的影子，它们的影子是否还有价值？太阳升起的时候，我们已经离开房子大约3.2公里了。当我们待在一个附近有三个土拨鼠巢穴的地方，冻得浑身发抖的时候，我们开始疑惑土拨鼠会不会早早起床。观察了一阵，没有什么东西出现，于是我们继续前进。这些土拨鼠巢穴的入口部分堆满了积雪，但没有踪迹，因此我们便离开了，打算当天稍晚的时候再回来，看看是否有什么动物在雪地上留下痕迹。

我们匍匐爬行，观察了好几个小时，也没看见一只土拨鼠，就连一只小小的土拨鼠幼崽也没看见。在越过一处开阔地的时候，我们看见一行踪迹从一个巢穴延伸到树林之中。正当我观察树林里面的时候，乔治突然激动不已地抓住我的胳膊，指着一个从洞口探出来并在雪地上留下影子的棕色脑袋。

接着，这个投影者就爬了出来，跛着脚匆匆驰骋而去。原来这是一只三条腿的残废的丛林狼。当一个人外出寻找什么，他就一定会看见令他感兴趣的东西，即便不是投在雪地上的土拨鼠影子，他也会兴奋不已。不过，我带着柯达相机漫游荒野的时候，看见了两个令人惊讶的现象：一个就是动物中的残废者众多，另一个则是它们如此频繁地嬉戏。

下午很晚的时候，我们回到了早晨观察过的那几个巢穴。入口处的雪地上依然没有任何踪迹。在土拨鼠没有投影的雪地上，我们的影子倒是投射了下来。然而，西边一座大型山峰的影子很快就会落到巢穴上，那时，这一年对于土拨鼠影子产生六周的积雪和寒冷就会太迟了。我们几乎对所有天气预兆都失去了信心。为那些充其量是不一致的预兆而烦恼，又有什么用呢？我们并不能改变即将来临的天气，其实在各种天气中，我们都可以在户外嬉戏。

我们开始动身返回房子，在路上，我们谈到了一些容易让人上当、不可靠的天气预兆——我们了解那些在山中没有成功实现的预兆，其中就有：

早晨的彩虹，

水手要当心；

夜间的彩虹，

水手很开心。

如果3月像狮子进来，它会像羊羔一样出去；如果它像羊羔进来，它会像狮子一样出去。

寒冷的天气来得快，暖和的天气来得慢

乔治说，他记得有一年冬天，一个灼热的日子曾经迅速来临。那是一个寒冷的早晨，他在早餐之前出去看了看温度计，温度计显示 -11℃。但是，当时他能听到一场风暴正从西边来临，那是契努克焚风②（Chinook wind）——一种温暖、干燥的风，可以迅速融化积雪，不打湿地面就用风吸干了水分，因此印第安人称之为"融

---

②从落基山脉东坡吹下来的温暖的干燥风，会造成温度骤升。

雪风"。乔治吃了早餐，干了一些杂事，然后再看了看温度计，却发现温度已经大幅上升至5℃，积雪正在迅速融化。

然后，我也告诉他我外出时一段类似的经历：有一天晚上，我在一座旧木屋里面露营。早早的傍晚，我就蜷缩在睡袋里面，但还是觉得很冷，然而到了夜间，我却感到如此暖和，以至于我还以为是小木屋着火了，然而那是一场契努克焚风导致的。在傍晚5点钟，地面上还覆盖着大约18厘米厚的积雪，但到了第二天早晨6点，积雪统统消失得无影无踪，地面光秃而干燥。

寻找土拨鼠，却不料遭遇臭鼬

接近房子，一个人骑马飞速而来，赶上了乔治和我。那个人说他在这一天的骑行中，看到了丛林狼、草原土拨鼠、鹿和山地野绵羊等动物，却没有看见一只土拨鼠。他是从平原骑马上来的，平原上整天都在下雪，因此，在若干公里之外，土拨鼠根本无法看见自己的影子，而在这山上的土拨鼠如果愿意看，那就能看见自己的影子。

那么，接下来的六周，我们会有哪种天气呢？天气究竟是由平原上的土拨鼠还是由山上的土拨鼠来决定的呢？如果在土拨鼠节这一天，纽约阳光明媚，宾夕法尼亚却阴沉多云，那么会产生哪种天气呢？如果……唉，我们干脆放弃了。

土拨鼠和其他动物一样，在地球上生活了无数个时代，地质学家如是说，它们生存了大约 300 万年。早在人们听说这种动物之前，我们这个美好而古老的世界就有了天气和气候，曾经有过冰期，也有过温暖的天气——那个时候，全世界都如此暖和，以至于棕榈树都生长到了距离北极不远的大北方了。

尽管如此，还是有一些天气预兆，或者更准确地说是指示，这些东西与户外指示息息相关。通过它们，我们通常可以预先辨别什么时候天气会有变化。在这些指示中，有飞禽不同寻常的聚集，走兽萎靡不振，烟如同迷路一般地飘下来四散，动物对着一个特殊的方向显露出兴趣或者聚集在一个庇护之地……在天气变化之前的数小时，动物通常就率先意识到了。其实，每个人和每只动物都是一只微妙的气压计，对大气变化会有所反应。而对于这些变化，动物似乎尤其敏感，反应也特别灵敏。

山地野绵羊的行为曾经多次暗示我大风或暴风雪正在临近。一个寒冷的早晨，正当我越过大陆分水岭，我看到很多野绵羊在天际线上把鼻子指向西边。在离我更近的地方，另一群野绵羊径直走向高原边缘，也把鼻子指向西边，它们就那样伫立在那里。到了第二天早晨，一场契努克焚风便从西边咆哮而来。还有一天，三群不同的野绵羊都在观察东北边的天空。24 小时之后，一场暴风雪就从东北方向横扫过来。在动物的体格上，可能并没有任何东西会带来远程的天气信息。对于正在来临的事情，这些野绵羊恰恰拥有微妙的预先传来的无线信息。

正当乔治和我在房子前面分手之际，从一些灌木下面的洞孔中，有什么东西突然探出了褐色的脑袋，又迅速地缩了回去。我们俩都认为那是一只野兔，但也有可能是一只土拨鼠。虽然我们对土拨鼠的天气预兆失去了信心，但还是心有不甘，想弄清楚土拨鼠在土拨鼠节是否自由自在，因此就想去看看。

于是我们匆匆赶过去，试图把那个家伙撵出来。乔治拿着一根纤细的长杆靠近一个入口，生龙活虎地朝里面捅起来，与此同时，我观察另一个入口，准备了另一根长杆——万一乔治没能把那个家伙从里面捅出来，我就从这边捅进去，探查里面的情况。

"我捅到了什么东西，"乔治大叫起来，"感觉好像是一头肥猪呢。"他把长杆扯出来，查看长杆末端可能粘附着哪种动物的毛发，接着他再次捅了进去。我躺下来，把耳朵紧贴着我这边的入口，只听得里面传来一阵抓扒声，便激动地大叫起来："它快要出来了！"

乔治手持长杆跑来跑去，想看看那个家伙究竟是什么动物。很快，一只惊恐不已的野兔就冲了出来，但这并没有让我们想到它后面还有什么东西让它如此惊恐。结果，一只臭鼬不紧不慢地走了出来！那家伙一点儿都不害怕，倒是我们害怕了起来。就在我们后跳，竭力避开那个家伙之际，手上的长杆不小心掉了，掉在它的身上或身旁。这就太过分了——臭鼬绝不允许自己受到长杆的刺戳。尽管我们迅速移动，但那只臭鼬还是更加迅速地采取了行动，因此我们还没来得及逃走，它就喷出了一股刺鼻难闻的气体，把我们严严实实地笼罩了起来！

第 4 章　群山中的海盗河

Pirates in the Mountains

莽莽群山中，溪流纵横，其中一些溪流成了"海盗河"，即那些不断切穿山峦，掠夺其他溪流的源头，致使其水源流入新水道的河流。随着山峦抬升，河流就不断下切，从而形成了峡谷，如今的一些干涸的峡谷其实就是当年失去源头的河流原来的水道。黄石河捕获的不是河流，而是黄石湖，它改变了湖水的流向；智利的一条海盗河不断切割，结果改变了分水岭那边另一条河的水道，差点儿引发智利和阿根廷的战争。因为河流磨损自己的水道，也因为雨水不断冲刷地表，致使泥沙俱下，不分昼夜地流向大海，在这样的河上，要是人穿着衣服落水，会附着大量的泥沙。在密西西比河、黄河、恒河、波河的河口，河流裹挟而来的泥沙慢慢被冲积成巨大的三角洲……

·

山峦抬升之际，河流在不断下切

我在群山中漫游了一整天，回到营地的时候，我发现两个人正在附近扎帐篷，不仅如此，他们还在讨论海盗和海盗行为。这让我倍感惊奇：我们在肯塔基东部一个偏僻的地区，当地仅有的定居者是一些稀稀拉拉地散落的奇特的人物。我知道，那些定居者之间可能长期不和，可能还有世仇，然而要说海盗，那就是奇谈怪论了。难道少数海盗真的离开了大海，在这些荒野的群山中找到了藏身之地？

"就在那边，"其中一个人对另一个人解释道，"就有一个显著的海盗行为案例。"他指着我独自度过了早晨的那片荒野。于是，我推迟了晚餐时间，走过去跟他们打招呼，想听听更多关于海盗的言谈。

"小伙子，这些山峦可是布满了海盗啊，"那个地质学家说道，"我们明天要前往一个地方，想看看一条海盗河最近在那里捕获了一条河并将其斩首的情况。你愿意跟我们一同前往吗？"我当然愿意。这些人来到野外研究侵蚀、地质情况、河流的冒险活动及相关主题，当然令人颇感兴趣。那天傍晚，我还听说了在美国的其他山区可能也会看见海盗河。

那天晚上，我很喜欢那个地质学家描述溪流时所使用的名字，它们在科学上也很正确。他说到一条"年轻的"河流，也说到其他正在慢慢衰老的河流，还说到一种抬升会让坡度变陡，并"复苏了"一条古老的河流，更提到波托马克河（the Potomac）、詹姆斯河（the James）以及其他最近被"淹死"的河流——我认为对于一条河，那肯定是一种非凡的经历，这是因为海岸下沉，把这些河流的河口永久降低到海平面之下所致。对于溪流不断向前侵蚀、切穿山丘甚至山峦，捕获另一边的溪流的源头，一直以来众说纷纭、争论不休，那些失去了源头的河流因而被"海盗""斩首"。而一条条河流也会挖掘下去，牢固地确立自己的地位。

第二天，我们就前往野外考察，来到了一个地方，在那里，一条海盗河锯穿一座山前往另一边，几乎从那里的另一条溪流下面冒出来，那个地质学家把这些情况都指给我看。在另一边，那条被斩首的溪流不得不注入新的水道。接着，我们前往另一个地方，去观察一条海盗河最近捕获一条老海盗河的情况，而那条老海盗河在历史上本身就有过三次斩首其他溪流的记录。

从山坡上流淌下来的溪流正如锯子切割木头一样，不断切割出水道。其实，一条河就是流质的锯子——水长着锋利的沙砾牙齿，它具有这样的锋刃，能锯入坚硬的岩石，如果岩石不那么坚硬，它就会迅速锯动；如果地形有所抬升，那么变陡的溪流就会更加迅速地锯动；如果地形沉降，溪流没有多少坡度，那么它的切割就不会那么迅速。地形越陡，水流就越大，边缘锋利的岩石，即水所携带的切割工具也就更多，因而它就能更加迅速地切割。捕获另一条溪流的溪流必须挖掘出一条水道，而这条水道比被捕获的那条溪流的水道更深、更低，好让后者的水注入。"山上的很多河流比周边的土地都要古老，"这是那个地质学家所说的一件最令人感兴趣的事，"河流早先就在那里了，在如今的山峦开始抬升的时候，河流正好处于恰当的位置上。河流磨损和冲走了两道以上的山岭，也没有失去自己的位置。有时候，一座山是从河流下面开始隆起的，它抬着河流上升，恰好跨越河流的水道而隆起。一般来说，河流都会切穿山峦。一座山缓慢地隆起，与此同时，一条河却迅速下切、侵蚀。在切穿岩石壁架这个方面，河流堪称专家。如果山峦隆起300来米，那么河流也会下切出一道深达300来米的峡谷。一般来说，等到山峦完全抬升起来的时候，河流已经将其切断了。"

海盗河劫掠一条或多条溪流的源头

一条溪流常常沿着岩石嶙峋的山岭后面而切割，或者产生作用，仿佛根本看不见，与此同时，它在寻觅一条容易的道路穿过山丘。很多次，它都会找到一个裂口，并迅速切穿过去。

我告诉那个地质学家，我曾经置身于罗马七丘①（Seven Hills of Rome），而他说这些山丘就是一道被溪流切割成碎片的分水岭，他想不起那里的溪流有任何海盗行为。在跟他度过了漫长的一天之后，我跨越到了弗吉尼亚，去看看那里的一些峡谷。

溪流的海盗行为很常见。在距离我家仅有几公里的地方，一条海盗河最近就进行了所谓的"斩首行动"。在好几个地方，我看见这样的情况：只有一道薄薄的山岭分开两条溪流的源头，而两条溪流都全力以赴、你追我赶地进行挖掘、切割。在漫游这片乡野的过程中，我频频发现如今的排水系统主要是过去溪流的海盗行为所造成的。今天的很多大河之所以变得很大，就是因为它们早期做过海盗河——水源劫掠者。我在特拉华河（the Delaware）与波托马克河的源头露营的时候，就异乎寻常地发现了溪流的海盗行为和斩首行动的例证，这令人颇感兴趣：这些河原来完全位于阿巴拉契亚山脉（Appalachian Mountains）的前方，但是它们

---

①位于意大利罗马台伯河东岸，古罗马城原来就建于此处及周边地区。

找到了裂口，便一路切割到山脉的背面，捕获了我不知道究竟有多少条溪流的源头。如今，这些河流的源头依然在这些山峦的背后。

强劲有力的田纳西河（Tennessee River）水量浩大，其实是由三条以上被斩首的河流的水量汇集而成的。在最近的地质时代，南方的群山中发生了隆起和沉降，溪流似乎左右挖掘，以活跃的速率一路前行。在这些河流的冲突中，田纳西河似乎成为了最成功的竞争者。肯塔基东部、田纳西、弗吉尼亚、西弗吉尼亚和其他州都拥有很多峡谷，都是那些失去了源头的溪流原来的水道，它们的水源早就被海盗河掠夺殆尽，只留下干涸的峡谷。

弗吉尼亚的坎伯兰山口（Cumberland Gap），就拥有完好的地质背景及河流在历史上的海盗行为的故事。这是一条十分有利而频频使用的通道，它穿越一道漫长而可怕的山峦屏障。我猜想，早在白种人来到这个大陆之前，包括鹿、黑熊（black bear）在内的野生动物和印第安人就频频穿过这个山口，来来往往。

演说家亨利·克莱②（Henry Clay）——一个很有远见的人，就曾经拜访过这个山口，他可能把这样一幅想象的图景更好地赋予了此处：长长的、络绎不绝的队列穿过这个山口而往来流动。很多年来，成千上万的开拓者、设置陷阱捕猎者、探险家和冒险家从东部涌入大西部的山谷和群山之中，在他们的路程中，这个山

---

② 美国政治家、律师、种植园主、演说家（1777-1852）。

口都是必经之路。在美国内战期间，一支支军队都企图占据和控制这个山口，据险而守。今天，商旅交通流依然穿过这个山口而来来往往。这个山口会持续很长时间，除非它在如今的位置上抬升或沉降，但只要它还在这里，这条有用的、开放的通道就会让人想起那种浪漫的海盗故事，并将其昭示于阳光下。

差点儿引发两国边界战争的海盗河

1891 年，我穿过黄石地区（Yellowstone）露营，跟一个地质学家外出考察期间，他向我展示了海盗河、冰川和火山留下的种种记录。黄石地区的大陆分水岭看起来根本就不像我所认为的那种高大雄伟的大陆分水岭，相反它很低矮，几乎平坦，多半光滑，还覆盖着森林。我跨越了那里好几次，却根本不知道那是分水岭。在两三个地方都有"两洋湖"（Two-Ocean Pond），即那些浅浅的充满水的凹陷处，每一个这样的湖泊都有两个出水口，来自其西端的水流入太平洋，而来自其东端的水则流入大西洋。

黄石河（Yellowstone River）在这里实施的海盗行为，捕获的并不是一条河，而是黄石湖（Yellowstone Lake）。在攫取这个湖泊的水的过程中，黄石河切穿了一片流纹岩的高原，从而形成了壮丽的黄石峡谷。这道色彩艳丽的峡谷，有最宽阔的瀑布之一，印第安人把这片乡野称为"世界之顶"。黄石湖海拔约为 2380 米，看起来有 100 多公里宽阔，一些人称之为世界上如此高海拔地区的最大湖泊。在捕获这个湖泊的过程中，黄石河成了海盗河，捕获了所有注入这个湖泊的溪流，这就给我们留下了一堂新的地理课和一个令人饶有兴趣的故事。在黄石湖被捕获之前，它的水通过斯内克河（Snake River）流向太平洋，但如今，湖水却沿着黄石河—密苏里河—密西西比河（the Mississippi）水道流向大西洋。

在南美洲的太平洋山坡上，智利的一条河不断向前切割、产生作用，因而锯穿了大陆分水岭。它在大西洋山坡上斩首了一条溪流，让其水源从大西洋转向流往太平洋。这样的变化虽然是地质变迁，却几乎引发了阿根廷与智利的战争：原来的大陆分水岭是两国的边界线，但这条河的海盗行为移动了边界线，致使两国争论不休甚至剑拔弩张。最后，经过不懈的探索和测量之后，才找到大陆分水岭，两国才重新确定边界线。但是，这条新的边界线十之八九还会移动，因为河流还会继续切割、改变水道，对分水岭或国家边界线根本就不屑一顾。

成千上万的山丘完全被河流冲走，而其他山丘则被部分迁移，今天的很多溪流都在不断割掉分水岭和山峦。在美国的很多州，州地质学家也许能辨别出到什么地区去寻找那些海盗河。

在沙砾矿和水力采矿中，水流把大片区域从山坡上冲走，造成严重的水土流失。这是由于矿工把水龙头转向泥土而带来的高压冲击所造成的，也是由于大量的水沿着水沟和水槽拥挤流动所致。尽管这样的采矿方法可以发现黄金，但是，被冲进溪流水道的残余沙砾的数量如此巨大，以至于一些州已经明确立法，对这类采矿法实施管制。

海盗河与所有其他河流都会冲走表层泥土，并裹挟着流往大海的事实，似乎并不是到现在才让我感兴趣的，其实我早就注意到了这样的现象。

有一天傍晚，我在密苏里河上顺流而下，附近的河岸突然发生了塌陷，落入河中的岩石、泥土激起了巨大的震荡，打翻了我的小船，我爬上岸，前往居住在河岸附近的一户人家换上干净衣服，吃晚饭。我告诉这户人家的男孩，密苏里河是一条海盗河，听闻此言，他激动不已，而我继续说，落在陆地上的大部分雨水又通过河流重新流回了海洋。在海洋上，水蒸发后会形成云，而云会像飞艇一样飘回到陆地上，如此频繁地倾注下来，因此水又注满河流，以至于河流不分昼夜地流淌，如此循环往复。

科罗拉多河充满泥淖，粘附在衣服上

罗伯特——罗伯特·彼得斯（Robert Peters）比我年长，他曾经说过密苏里河似乎是由泥淖而不是由水所构成的，他还认为这条河就是一条海盗河，这真的不是因为它想要更多的水，而是想要更多的土地、更多的泥沙。在它匆匆挖掘和冲走乡野的泥土的过程中，它也顺便捕获了其他河流。

"水与土始终在搏斗，"他继续说，"你在海岸就能看见这样的情况。水与土始终都试图夺取对方的领域。大海刚刚把水送上来，以那种云船的形态飘过乡野，然后就让雨水落下来，流进河流后重归大海，这仅仅是为了消遣吧。它所从事的工作就是把土地冲走。冲进海里的泥土越多，海洋就变得越高、越宽。去年冬天，我读到海洋占据地球表面71%，陆地仅占29%，我还读到如果海平面之上的所有陆地表面被冲进大海，并铺展在海底，那么就会抬高海水，充满之后，仅约213米。”

　　我反复思考他所说的话，感到他的观点是正确的。“大水”——印第安人对海洋的称呼——究竟在想什么，我们只能猜测。不管怎样，河流一直都在把所有的土地表面冲进大海，从未停止。有人诙谐地说过，密苏里河用来栽种庄稼太稀，而用来航行则又太稠。这条河的一个诨名就是“老泥泞”，它充满如此之多的流质泥淖，以至于这条河在圣路易斯（St. Louis）与其他河流会合之后，就呈现出了泥淖的颜色。一年之中的大多数月份，在密苏里—密西西比河上千公里的下游，从山峦、平原与河岸冲刷下来的物质堆积起来，形成了众多沙洲，严重地阻塞了河道。

　　有一年，在我穿越科罗拉多大峡谷（Grand Canon of the Colorado）激流的时候，我的小船不慎撞上了一块礁石，它像乌龟一样翻转了过来，肚腹朝天。我自然也就成了落汤鸡，我可不想这样，因为在科罗拉多河（Colorado River）中，每一加仑水里都有大量泥沙，而我穿着衣服翻船落水，衣服除了灌满通常数量的水之外，似乎还附着了若干公斤泥沙。因此，尽管我会游泳，但因为附着在衣服里面的泥沙太重，使得我几乎无法把鼻子露出水面。

所幸的是，落水的地方很浅，我很快就爬上了岸。

科罗拉多大峡谷宽达10-20公里，在一些地方则深达1600米。这个宽阔的峡谷完全是由水流冲刷出来的。穿过这道峡谷，很多其他沉积物都被流水冲了下来。那天爬上岸后，我开始从衣服上刮掉泥淖，而其中的部分泥淖就来自上游好几百公里之外的高原和山峰。

在一块大圆石上，我铺开衣服，一次又一次刮掉上面的泥淖，每个衣兜都充满了岩石粉末。里面，在我的内衣和皮肤之间，覆盖的泥淖肯定有几厘米厚。如果这层泥淖干了，我就可能被一层石膏状的泥淖模子严严实实地包裹起来。我不断擦刮和除掉这些泥淖，但要把衣服放在泥泞的河水中洗涤，则根本洗不干净。我把泥淖刮下来之后，那些泥淖便聚集成了一小堆土壤，完全可以栽种一大把小麦。

日复一日，水流把泥沙冲向大海

归根结底，土壤多半是碾磨得精细的岩石——岩石粉末，其中混合着矿物质和化学物质。大地上一度遍布坚硬的岩石，土壤是由水的冲刷、冻结，以及酸性物质不断分解和切割岩石并将其磨细而形成的。

河流不仅磨损自己的水道，还相对缓慢地磨损掉两条河流之间的所有地表。这就意味着地球上的每一点土地都被流水和从云层中降下的雨水所冲刷、磨损。

如果罗伯特的话是正确的——我相信他是正确的，那么每一条溪流都有几分类似劫掠土地的海盗，它们一直在抓攫一块块泥土，将其送往大海。每一滴雨都是一个小小的海盗，会捕获一粒小小的沙子，将其带往大海，且不分昼夜地前行，或快或慢地旅行，撞击大圆石、突岩，还在漩涡中玩着快乐的旋转木马。但它会不断前行，从不停止。在一些地方，它从瀑布上跌落下去，这可能让它丢掉紧紧掌握的沙砾，然而水中有千百万粒沙子，如果它找不到那一粒恰当的沙子，那么它就会立即攫住另一粒，继续流向下游，前往大海。我不知道它沿着一条大河旅行上千公里需要多长时间，也不知道它从密西西比河源头旅行到大海需要多长时间，我猜想大概需要几年吧。

但是，很多沙砾被冲走的速度可能比其他沙砾要快。很多沙砾会沉积在沙洲上，就像搁浅的小船，可能会在那里等待好几周，等着高水位的到来才会离开。在洪水期间，它们可能会被冲上河岸，在高高的地方干燥好几年，然而，它们有时又会畅通无阻地抵达大海。

这种水流冲刷的沉积物充满了成百上千个河狸池塘。河狸从池塘中疏浚出大量沉积物，扔在自己构筑的堤坝上面，这样就把堤坝抬升得越来越高，以便让水位始终保持在沉积物之上，但是，天长日久，沉积物最终会取得胜利，渐渐填塞池塘。这一过程会持续 5 年或 50 年不等。

一旦沉积物从池塘中逼走所有的水，青草和柳树就会从泥淖中破土而出。很多次，我在溪畔露营的时候，都仔细检查过营地上的泥土，在这样的泥土上，生长着超过 200 岁的云杉和松树。有很多次，我深深地挖掘下去，结果发现那个地方原来是被沉积物填塞的河狸池塘。因此，在当地的青草和树木间的柳树林之中，野兔和熊可以在流水冲积而成的土壤上嬉戏、玩耍。然而有时候，一场森林烈火可能会席卷而来，吞噬森林，然后一阵风可能会开始吹拂，或者水开始冲刷，这种来自上游或许几百公里之外的山顶的沉积物，在经过愉快的停留之后，可能再度离开，朝着大海快乐地旅行。

每一年，整个地球上的土地表面都会因为水的冲刷而稍稍有所降低。但在漫长的年代中，这种降低会显现出来。很多山峦完全被冲到了大海里，阿巴拉契亚山脉就是这样，那里的群山约有3200 米被冲刷掉了，它们现在的高度不过是它们以前高度的三分之一。

在河口，大量沉积物形成三角洲

在黄石地区和亚利桑那，水流把奇妙的石化森林冲刷了出来。在这些石化森林之上，原本覆盖着一两百米厚的灰烬或变成岩石的其他物质，然而水流切穿了这一切，慢慢将其冲走。当然，水流也经常把煤炭、黄金和各种被埋葬的奇异的化石——那些也许生活在 100 万年以前的动物的记录冲刷出来。

在那些最终来到河口——比如密西西比河的河口，并抵达大海的沉积物中，几乎什么东西都有一点儿：被压碎的化石、大理石、黄金、煤炭、来自堪萨斯的蓝石灰石、来自派克峰（Pike's Peak）的灰白色花岗岩、来自黄石地区的黄色熔岩、来自很多个州的红砂岩、来自加拿大受冰川作用影响的沙砾。于是，有了火山灰、水生动物的外壳和走兽的骨头。与这些被溶解的东西一起，水还携带着矿物质、酸性物质、石灰、盐和碳酸钠。肯塔基的洞穴就是由水溶解和冲走石灰所形成的。总而言之，每年都有几百万吨这样的沉积物被密西西比河裹挟到大海之中。还有几十条其他河流，每一条都带着自己的裹挟物而流向大海。或许，世界上的河流每天以冲刷物质的方式所搬运的货物，跟所有铁路运输的货物一样多。

在大多数河流的河口，这种沉积物形成了大型三角洲。然而，在强有力的亚马孙河（the Amazon）或泰晤士河（Thames River）的河口，我们找不到三角洲。这是因为那里的洋流迅速地扫掠河流带来的物质，将其分散到了海底。尽管哈德孙河（the Hudson）和萨斯奎哈纳（Susquehanna）地区的河流每天都把无数吨泥沙倾倒在大海之中，但那里也没有显露出三角洲，这是因为这些河流的河口最近被"淹死了"，即被深深地淹没到了水中——这些河口周围和下面的地表沉降了下去。目前，这些河口的水都太深，因此堆积三角洲的物质无法显露出来，尽管如此，三角洲也在不断堆积、形成。

中国的黄河（the Yellow River）三角洲，据说方圆 560 多公里；恒河（the Ganges）三角洲的面积约为宾夕法尼亚州；密西西比河三角洲的面积约为弗罗里达州，但没有人知道它究竟有多深。南方的新奥尔良（New Orleans）就建筑在这个三角洲更老的那一部分上面，人们在那里钻井时，在地表之下三百多米处发现了一根木头。

密西西比河带着冲刷下来的沉积物填塞大海，以每 16 年约 1.6 公里的速度向外扩展三角洲。意大利的波河（Po River）上的阿德拉（Adra）城以前就位于河口，而现在距离大海已经超过了 22 公里。在中国，在很多代人之前，蒲台③（Pu-tai）城还是大海边的一个海港，但由于水流带来的沉积物不断增加，渐渐在远处冲积出了一个大型三角洲，因此现在它距离大海也有约 77 公里了。另一方面，一些三角洲沉入大海，也许是它们本身的重量导致了这种缓慢的沉没。在水下，时间、压力和大自然的黏合剂把三角洲的物质慢慢变成石头。

---

③山东省黄河三角洲上的老县，1956 年被撤销后并入周边多个市县。

第 5 章　河狸萌宠的故事

Traveling with a Beaver

一只萌宠的小河狸被捕获后，逐渐成为人类的朋友和玩伴，它喜欢坐在驮马上跟随主人旅行，在水边扎营时喜欢在水里嬉戏、玩耍，特别萌宠。它也时常拜访野外的河狸聚居地，却似乎不愿留下来跟同类待在一起。扎营时，它遭到丛林狼的偷袭，引来其他河狸的围观和问候。不久，它又遭到了山狮的攻击，岌岌可危之际，主人赶来施以援手，它才得以逃脱。它进入同类遗弃的房子观察，还对观看营火颇感兴趣。后来，它成了斯内克河畔两个孩子的宠物，喜欢享受"免费搭乘"的特权，在那里度过了三年美好的时光。但不幸的是，在一次外出游玩时，它丧生于猎人的枪口。

一只乖巧的小河狸来到我的身边

有一年夏天，一个在蒙大拿从事设置陷阱的捕猎者送给我一只小河狸。这个小家伙有点儿狡猾，一身棕色皮毛，长着一张天真无邪的圆脸，身体浑圆、肥胖，小小的尾巴则很扁平。正当我跟那个设置陷阱捕猎者谈话的时候，这只小河狸就有条不紊地咬断了一棵粗如铅笔的柳树，努力向我们显示自己的成就。

此后，我赶着一头驮马出门远行，沿着古老的刘易斯和克拉克小道（Lewis and Clark Trail）越过连绵起伏的群山。我所带的被褥和供给品并不多，因此包裹不大，便在驮马鞍具两侧的凹陷处顶部留下了一定的空间，足以让这只小河狸容身。我把它裹在我的一件旧外套里面，让它的脑袋从一只袖口中露出来，这样它就完全不会从袖口中掉出来了，而且我还用绳索把那件外套牢牢地捆绑在包裹上，将其固定好。尽管那匹驮马迈着沉重、缓慢的脚步节奏单调地前行，我也从来不知道小河狸是否在睡觉，但它可能睡过觉。一般来说，在那匹马停下来的时候，它就尽可能立起身子，四处观望。有时它也会发出抗议——在那匹驮马偏离了我本人，自顾自走到低垂的粗枝或纠缠的柳树下面的时候，它往往会大声嚷嚷。

每天早晨，一旦我牵上那匹小型马，这只小河狸就会立即凑过来，观察我的行动。早在我准备好把它放到包裹上之前，它就自个儿用后腿站立起来，完全伸展着身子，抬起两只前爪迅速抓扒空气，同时还发出咕哝、呜咽的声音，乞求我把它抱起来。

每天傍晚，我们都会在一条小溪畔扎营。而这只小河狸则会下水嬉戏、游泳、潜水，让自己开开心心地娱乐一番。嬉戏中，它常常会潜到水下，因此我干脆给它取了个名字——"潜水员"，而它似乎迅速地接受了这个名字，每当我召唤它或对它吹嗯哨，它总会应声而来。它的后脚如同鸭脚板一样长着蹼，而它的前爪更像是猴子的爪子，它常常用前爪仔细梳理自己的毛发。

当"潜水员"独自嬉戏的时候，它会花上好几分钟，与想象中的玩伴开心地玩耍。它会跟它们赛跑、角力，偶尔还会天真地消灭想象中的敌人。它会严肃地从事建筑劳动，切割一些嫩枝，将其咬成很多小截，建起一座小小的堤坝。有时候，它还把嫩枝堆进水里，仿佛要贮存起来，作为自己冬天的食物供应。

尽管"潜水员"频频吃掉柳树、桦树和桤木的树皮，但它的食物通常是山杨树皮。在每一个场合，它都要咬断一根小小的嫩枝，吃掉上面的树皮，有时还会吃掉一点儿木质。偶尔，它也会吃一口青草，吃一朵蘑菇，掘起一条根须，有时还会啃食生长在水中的睡莲（pond lily）。有很多次，我都说服它去仔细观察小松树，看看它是否能够享用那种食物，而每一次它都会翘起鼻子嗅闻，仿佛十分厌恶松树散发出的那种刺激性气味。因此，我根本无法让它去咬啮松树、云杉或枞树（fir）之类的树木。

切割树木的时候，"潜水员"使用了四颗门牙，其门牙薄得就像人的指甲，边缘很锋利。我从来就没有成功地数清"潜水员"究竟有多少颗牙齿，因为它始终反对我检查它的嘴巴，但根据我的经验来判断，一只发育成熟的河狸有 20 颗牙齿。年幼河狸的牙齿几乎是白色的，而老河狸的牙齿则几乎是橘黄色的，显然是在切割山杨和柳树的时候，被树上的酸性物质玷污了。

"潜水员"险遭丛林狼偷袭

在那个设置陷阱捕猎者捕获"潜水员"的时候，它还很年幼，因此这只小河狸对同类的记忆很模糊。它看见的第一批河狸是在一个池塘中，那里距离我们大约有九米，当时它静静地伫立着，观看了它们好几秒钟，脸上几乎毫无表情。然后，它便迈着平常的步态走向它们，前去拜访。

旅途中，我们偶尔会靠近河狸池塘扎营，池塘中其他年幼的河狸也常常跟"潜水员"嬉戏。偶尔，它会游过池塘去拜访另一只河狸。它似乎很受欢迎，尽管一些老河狸似乎不时会冷漠地接待它的来访，却始终没有流露出把它赶走的企图。不管怎样，"潜水员"从来没有流露出想跟同类待在一起的愿望，这一点似乎很奇怪，它很少跟它们待上超过 15 - 20 分钟，每当我召唤它，它始终都会立即折返，回到我的身边。

一个早早的下午，我们在一条宽阔的溪流边扎营。"潜水员"在水中短暂地娱乐了一阵子，就爬到溪流对岸的沙滩上。在距离水边一两米的地方，我坐在一根木头上观察它的举动。在对岸，它掘出两三根俄勒冈葡萄（Oregon grape）的嫩苗，将根须和其他部位一股脑儿地吞进肚里。然而，正当它寻找更多食物来果腹的时候，一只丛林狼不请自来，那家伙从一块大圆石后面猛然冲向它，而它就像个受惊的孩子发出一声哭喊，躲避那只丛林狼，迅速跃入水中，潜到水下，消失得无影无踪。很快，在我坐着观察的溪流这边，它浮出水面，匆匆朝我奔来，在我坐着的那根木头和我那件挂在木头上的外套下摆之间，躲藏了起来，不肯露面。

尽管附近并没有河狸房子，四周也看不见一只河狸的身影，但在一分钟之内，就有三只河狸出现在现场，一只从上游而来，两只从下游而来，它们在水里小心翼翼地四处游动、观察，仅仅把眼睛和鼻子露出水面。很快，一只河狸就离开了水，摇摇摆摆地到处走动，在"潜水员"先前挖掘过植物幼苗的地方嗅闻。而就在"潜水员"从水里出来的地方，另一只河狸来到岸上。当它朝我走来的时候，它的眼睛显然告诉它我只不过是一段木头，但它的鼻子却告诉它正濒临危险。我一动不动地坐着，观察它的下一步行动。它在犹犹豫豫地尝试撤退了三四次之后，终于鼓起勇气，把身子完全支撑在后腿和尾巴上，热切地盯着我。它的脑袋高高昂起，前爪下垂，朝着我凝视了好几秒钟，然后发出一声低沉的嗯哨。而随着这声嗯哨响起，"潜水员"从我的外套后面走出来，那只老河狸便走上前来迎接它，但在靠近之时却因为我的存在而受到了惊吓，急忙转过身去，一下子跃入水中，用尾巴猛然拍打水面，很快就消失得无影无踪。紧接着就响起了两三次水花声，接着是很多尾巴拍打水面的声音。显然，好些河狸听到了"潜水员"遇险时发出的叫声，便前来一探究竟，而现在它们正在迅速撤退。

每天夜里，"潜水员"都睡在我用来铺床的帆布下面。它选择了一个靠近我的脑袋的位置，这样，我就常常可以伸出手去放在它的身上，和它说话。夜里，它很少移动，除了当我起身去关照营火或查看驮马的时候，它才稍作挪动。夜里，尽管不时有灰狼嚎叫，也有丛林狼在我们附近吠叫，但"潜水员"并不为之所动，它似乎认为只要我静静地躺着，一切都不会有问题，自己就很安全。

逃脱山猫的攻击，拜访同类的房子

一天下午，"潜水员"在远处发出一声尖叫，告诉我它遇到了麻烦。这一天，我们早早就扎了营，它则独自离开营地，朝着溪流远远的上游游去。在回来的路上，它似乎离开了水，登陆越过一片狭窄的陆地——这条溪流就围绕着这个瓶颈部位而流淌。在这里，它遭到了一只山猫（lynx）的攻击，但它身手敏捷，成功地逃脱了掠食者的追捕，潜入了水中，久久不肯露面。不过，那只山猫显然心有不甘，进行了种种尝试，试图抓住它饱餐一顿。木头上湿漉漉的爪印表明，那只山猫动作娴熟，从一边跑到另一边，偶尔还走到水中，打量水面。而"潜水员"则待在水下，默默地照顾自己，直到它因为疲倦不堪或者过于害怕，才发出了呼救声，等我前去施以援手。我闻声赶过去，将它从困境中拯救了出来。在返回营地的路上，它寸步不离地紧跟着我，仿佛生怕再遇到什么麻烦。

旅途中，我们每天都会看见河狸房子、池塘，还会在很多地方看见河狸割倒的山杨和三角叶杨（cottonwood）。这些被切割的树木直径在 7.6-20 厘米之间，但也有一些存留下来的树桩显示其直径为 30-40 厘米。这些树多半作为食物，被切割成无数小段，上面的树皮都被吃掉了，被置于每道河狸堤坝的顶部和后面。当然，很多被切割的树木也被用来构建新的堤坝和房子，但我们看见其中大部分都被当作食物。

池塘中，大多数河狸房子突出水面，犹如小岛一般。一些房子建在岸上，但其一边则伸进了水中，方便河狸出入。在两三个河狸聚居地，我们未能发现任何房子。一般来说，如果河狸聚居地的岸边不是岩石而是沙砾，那么河狸就会在岸边挖掘出可供栖居的巢穴。这样的巢穴位于地面之下 60-90 厘米处，距离水岸 1-2

米。通往巢穴的通道是一条管道或者一个洞孔，直径约为 30 厘米，长 1-2 米，洞口或入口位于溪流或池塘水面之下 30-60 厘米处。因为充分隐藏在水下，冬季结冰时便不会被上面的冰层封住，即便是隆冬，因为入口保持敞开，河狸们便可以在冰层下面自由自在地活动，从水中进入巢穴，也从巢穴进入水中。

在这个时候之前的一个傍晚，我们在一个河狸池塘旁边扎营，在池塘边缘，有一座被临时放弃的河狸房子。在我们到来之前，"潜水员"还不曾见过一只河狸，也不曾见过一座河狸房子。为了看看它会如何看待同类和同类的房子，我就把它带了过去，放在那座河狸房子的顶上。那座房子顶部的一部分被泥巴封住，显然，透过这层泥巴散发出来的那种气味让它颇感兴趣，于是它把鼻子凑近屋顶闻了闻，接下来，它似乎想要看看房子内部的情况，最后它就爬下房子较远的一端，跃进水里，游动了一阵之后便潜了下去，通过入口的通道进入了房子内部。我从外面听得见它在房子里面到处抓挠。它进入这个入口通道很可能纯属偶然，而一旦进入里面，它自然就会对同类留下的气味产生兴趣。然而，在短暂停留了一阵之后，它就出来了，爬上房子，在屋顶上再次嗅闻，随后它又重新跃进池塘游泳，再也不去注意那座房子了。

对于我生起的营火，"潜水员"显然很乐意观看。在傍晚，它常常会躺在一旁观看营火，而且每次一看就是一小时。有很多次，我故意把营火生在我们扎营的溪流或池塘旁边，还引得其他河狸几番前来探访，它们游到水边，把脑袋从水中探出来，在那里待好几分钟，静静地观看营火，仿佛很着迷。我常常四处走动，想看看它们究竟会干什么，但它们通常丝毫不会注意我，除非我走到距离它们仅有一两米的范围内，它们感觉到危险才会离开。"潜水员"的存在，也许给了它们超常的信心，然而设置陷阱捕猎者曾多次告诉我，河狸本来就对观看营火很感兴趣。

斯内克河畔孩子们的宠物

河狸的尾巴是一种极为有用的附肢，上面布满深色的皮肤，看起来有点儿像一块深色的橡胶。有时候，"潜水员"会把尾巴插在身子下面，将其当成座位。有时，当它站起来的时候，它又将其当作后面的支架，用来把身子支撑到后腿上。游泳的时候，它也偶尔把尾巴的边缘转来转去，当作船桨使用。在水中，在需要舵的时候，它又将其当作舵来使用。然而，当它从水中出来四处走动的时候，它便把尾巴拖在后面，仿佛这条尾巴尽管不是其身体的一部分，却也依附于它。休息的时候，它通常会卷起尾巴的边缘，对折起来，搁放在身边。有一次，它还把尾巴夹在双腿之间，舀起一大块泥巴，带到附近，倾倒在一根倒下的小木头上。还有一次，我看到它携带着两根小树枝，将其紧紧地夹在尾巴和腹部之间。

在我把"潜水员"送给别人的前几天，我把它放进一个河狸池塘，然后爬到一棵树上，在一根伸向水面的长长的粗枝上选择了一个位置，准备观察它的活动。我几乎还没到达树端，因为我的到来而中断工作躲藏起来的很多河狸，又重新开始工作了。三只年幼的河狸在水中跟"潜水员"尽情地玩耍、嬉戏，我热切地想要看见正在发生的事情，却不料身子向前探得太远，那根粗枝终于无法承受我的体重而猛然折断，我一下子就掉进了池塘，身体下坠带来的压力把好多水都溅到了岸上。

在我远足结束的时候，"潜水员"便成了斯内克河岸上两个开拓者的孩子的宠物。在最初的几个星期，那两个孩子把"潜水员"关在屋里，然而对于它来说，屋里显然太暖和了，最终，孩子们给了它一张稻草床，将其安置在门外一座小狗舍里面。尽管它很享受在狗舍里面过夜，但它还是坚持要求频频进入房子的权利。那条河距离房子不到 15 米，因而它时常前往河流去游泳、潜水，让自己尽情享乐，而孩子们也经常随它一同前往。它在水中玩耍的时候，孩子们会坐在岸上观看，或者跟它嬉戏，他们会把小树枝扔进河里，而"潜水员"会迅速游出去将其衔住，带回岸上。

当孩子们远离河流、走进树林的时候，"潜水员"则会紧紧跟随他们。对于它来说，孩子们走得太快了，而它会一边匆匆前行，试图赶上他们的脚步，一边又会不断发出责骂声。最后，如果他们不止步，它就干脆坐下来，精力旺盛地发出抱怨和责骂，使得他们通常都会返回它的身边。在孩子们最初拥有它的那几个月，在离开河流的路上，他们偶尔也会帮助它——抱着它走上一小段路程。对于这样的"免费搭乘"，它很是享受，实际上，它很享受任何"免费搭乘"的旅程，即便是被放在一匹驮马上面，它也兴奋不已。

第二年，它的身体变得更重，孩子们就抱不动它了，尽管他们还是经常抱着它，但他们给予它"免费搭乘"的特权，也只是将它放在运货马车或小船上。

它在这个地方生活了三年，而对于孩子们和它自己，这三年都是欢乐、享受的时光。然而不幸的是，有一天，"潜水员"顺着河流游向下游，在房子下面游出了一段路程，然后就离开河流，爬到岸上切割一棵山杨，却不料撞到了猎人的枪口上，惨遭射杀。

第 6 章　大草原旅行记

Camping on the Plains

5月底，一个少年来到大草原露营，观察野生动物的生活方式。绿油油的草原上鲜花遍野，草地鹨在歌唱，土拨鼠在欢叫；入夜，漫天的群星仿佛伸手可及。为了近距离观察羚羊母子，他一路追踪到天黑，却不料在夜色中迷了路，只得头顶星空和衣而眠。为了探访北普拉特河北边的乡野，他轻装简行，越过草原，用柳条扎成的小木筏渡河，在夜色中辨明风滚草等自然指示物，路过牧牛营地，来到一条小溪畔，利用以前野兽留下的洞穴修整出可以容身的"翠鸟营地"。其间，他探索到羚羊传递预警信号的方式，还追踪两只荒原狼，观察它们试图采取策略捕杀土拨鼠，却功败垂成，不过最终也捕获了一只长腿大野兔。在此次旅行中，他总结出正确的方法，积累了经验，掌握了返回营地的识途方式，还养成了认识新的动植物的良好习惯，增长了自然知识。

寂寥的大草原上，群星仿佛伸手可及

30多年前的一个清晨，我带着露营装备和一周的供给品走出了夏延印第安人（Cheyenne）的居住区。这是5月底，我走出1.6公里之后，就来到了没有围栏、没有踪迹的平原上。映入眼帘的是大草原那一派绿油油的到处生长着低矮的野牛草（buffalo grass），草丛的短茎上纷繁地点缀着红、黄和蓝色的鲜艳的野花，草地鹨（meadow lark）在纵情歌唱，草原土拨鼠在欢快地吠叫，太阳整天都从清澈的蓝天上热情地照耀下来。

日落之前的片刻，我就来到怀俄明州和内布拉斯加州的分界线附近，把沉甸甸的背包扔在一个古老的野牛坑边。此时，越过那连绵的平原，我可以朝四面八方看到好多公里之外。地平线之内，没有一座房子、一道围栏或一棵树，只有我一个人。我判断，在

24 公里之内，也许在 48 公里之内，都渺无人烟。尽管旅行了多天，我也不曾看见一座房子或一道围栏。

好几个月以来，我都一直计划前往开阔的大平原（Great Plains），进行一场露营之旅，探访草原上的野生动物，看看它们靠什么生活，怎样生活。我感到自己准备得很充分：我学会了识别多种树木、鸟儿和野花，我确定自己了解露营的方式，尤其是我所携带的露营装备准备得恰到好处。然而在生火的时候，我本来可以大显身手，但我却发现，在这个没有树木、没有岩石的水坑边，用干草和陈旧的干牛粪来生火，让我十分棘手、非常困窘。

黑暗中，在寂寥、开阔的大草原上，我经过一番努力，终于生起了一堆篝火。我的营地旁边的这个水坑以前是野牛打滚儿的水坑，长约 15 米，宽约 7.5 米。10 年前，成千上万的野牛曾经在这里自由自在地漫游，当时平原上的水很稀少，因此野牛打滚儿的水坑一度成为羚羊和野牛的饮水之地。在辽阔、平坦的大草原上，当我躺下来睡觉的时候，那漫天的群星密密麻麻，似乎伸手可及，而欢乐的荒原狼在我的四面八方开心地玩耍，吠叫声此起彼伏。

第二天早晨，我在带来的无数件露营装备中到处翻腾，寻找某件物品，致使我浪费了好些时间。正当我把形形色色的物件乱七八糟地扔在大草原上，两个牛仔大老远就看到了我，便骑马从远处过来。这两个牛仔来自一个从南向北飘移的牧牛团队，正在放牧 2000 头牛，他们这个团队还拥有 1 辆 6 匹马拉的移动餐车、70 匹用来骑乘的马。

"这是什么啊？难道是一家杂货店不成？"其中一个牛仔看见我乱七八糟地扔在水坑边的装备，便打趣地嚷嚷起来。

"这孩子的厨房用具竟然比我们牧牛营地的厨师还多。"当他们骑马离开的时候，另一个牛仔也和善而快乐地说道。

草原土拨鼠在四周吵嚷、蹦跳，我把带来的装备扔成一个小堆之后，便走向距离最近的那个草原土拨鼠镇子。那些土拨鼠看到我靠近，便激动不已：端坐着，吠叫着，喋喋不休。我想自己肯定使用了糟糕的语言，因为我无法继续前进。当我靠近到距离它们大约六米的范围之内，它们就猛地钻进洞穴，逃之夭夭。这些土拨鼠的外貌和行为方式更像是肥硕的花白旱獭，而不是狗。

为观察羚羊而迷路，露宿大草原

在营地附近那道浅浅的沟壑中，我慢慢靠近了一只母羚羊和它的两个孩子。但是，就在它看见我的那一瞬，它就迫使幼小的羚羊躺下，然后自个儿缓缓离开，显然希望吸引我去追逐它，从而把我从幼小的羚羊身边引开。但我并没有上当，我只想更近距离地观察那两只幼小的羚羊。

然而，就在我到达我认为幼小的羚羊躺着的那个地点，我却没能看见它们。当幼小的羚羊倒伏在地上，其体色便与周边环境充分融合了，跟平原地形、植物和土壤完全融为一体，因而隐藏得极好。搜索中，我不慎绊倒在一只小羚羊身上，它一下子就跳起来，接着我就看见了第二只躺着的小羚羊。但是，我还没来得及伸手去触摸它，它就放弃了之前那种一动不动的装死状态，跟同伴迅速奔向不远处的母亲。

这几只羚羊仅仅前行了一小段路程，就重新进入了那道沟壑。我悄悄下行到沟壑中，爬过一道土脊，来到距离它们大约三十米的范围之内，看见那两只小羚羊正忙着吃奶，它们分别跪在母羚羊的两侧，偶尔还会用脑袋顶撞母亲，让母亲体内的乳汁加速流出来。当它们迈步越过大草原的时候，我又远远地绕了一个圈子，从一道低矮的土脊后面溜过来，打算接近它们，或者接近我刚看见的远处另一只带着一个孩子的母羚羊。几番尝试和往来行走之后，我又接近了那只带着两个孩子的母羚羊。但可惜的是，那只母羚羊老远就闻到了我的气味，远远地跑开了。

该动身回营地了。我四下观望，试图查明自己究竟置身何处。在辽阔的大平原上，一个人在大多数时候都可以朝四面八方看到好几公里之外，但我并没有想过要使用指南针。

我很熟悉指南针的各个方位。在地平线上稍高一点儿悬挂着太阳，我知道太阳下面就是西边偏南一点儿。但是，了解方向并没有把最重要的事情告诉我——营地的方向。我不知道营地究竟在南边还是在西边若干公里之外。

我走出一小段路程，来到一道土脊的顶上，看不见一个我能认出的地标。在观察羚羊的过程中，我忙于来回奔跑，早忘记了地标。此时，红彤彤的太阳正在西边沉落，这就是一个地标，当我从营地出发向东漫游的时候，我认为而且也感到我的野牛坑营地肯定远在西边的某个地方。

我朝着太阳迅速前行，走到了天黑，却依然不清楚营地究竟在哪里，便停了下来，生起一堆篝火。在如此辽阔的大草原上，指南针并没有什么明显的好处，了解指南针上的各个方位并不会有多大的帮助，除非旅行者不断使用大脑，把营地的位置牢记在脑海中。在白天，我本来应该不时地回顾一下，对少数地标留下思想图像，那样就能迅速返回营地。但现在，我无法到达营地，不得不在大草原上过夜，没有果腹的晚饭，也没有被褥。

凌晨 4 点，壮丽的晨曦就洒了下来，我立即动身出发，回溯自己从营地出来时留下的踪迹。在我和升起的红日之间，很多羚羊在一道土脊上伫立了一阵。我朝着东边进发。前一天晚上，在我离开那只母羚羊之后，我就正对着西边行进，现在容易回溯这条直线。

在跟踪羚羊的过程中，我不断爬行、弯曲、折返，因此要回溯自己走过的路线实在是一件苦差事。偶尔，我不得不手脚并用，趴在地上查看模糊的踪迹，或者确定我应该走哪条路。这是荒野中最好的追踪经验。

最终，我回到了最初看见那只母羚羊及其孩子的地方，然后，我就确定了道路，放弃了查看踪迹，抄捷径返回营地。途中，我遭遇了一股强有力的旋风一路越过平原，这股旋风从我的营地卷起各种各样的铁皮制品，以及其他不重要的物件，沿途抛撒下来。

"走吧！"我大声叫喊，让这股旋风经过。一路上，我肯定地拾起了57件各种物品，然后就找到了那堆似曾相识的营火灰烬，经查，留在这里的踪迹是我的，终于回到了营地！不过，这个野牛坑营地距离我昨晚过夜的地方，竟然只有150米！

这次经历向我表明，对于热爱户外旅行的人，最高的露营考验就是找到返回营地的路。旅行者不能单单依靠指南针找到营地，除非他变成测量员并且每隔一小会儿就做记录。我认识很多人，他们都带着指南针出行，结果最终却绝望地迷路了。一个在思想上记录自己运动的人，每时每刻都知道自己在哪里的人，即便没有指南针，甚至没有地标，也能顺利地回到营地。

在回溯自己踪迹的过程中，我发现了大自然指明的众多指南针方位，而此前我却不曾注意到这些指示物，这样的指示物形形色色，我惊讶自己没能及早发现，它们是盛行的西风带来的：紧靠一片片灌木蒿的西边，积累了一堆堆风滚草（tumbleweed），而在这些灌木丛东边的背风面则是沙堆。这些东西到处都形成了东线和西线，显示出漫长的距离。这些东西就是当地自然生长的指南针，无处不在，也不会出故障，更不会遗失或破碎。

越过北普拉特河，彻夜穿越大草原

我渴望探访远在北普拉特河（North Platte River）北边的那片乡野，于是在一个早晨，我把大部分装备留在野牛坑营地，轻装简行，朝着北方进发，预计在三四天之后，我就会回到这个营地。途中，我没有频频或长时间地停留，而是朝着东北方向径直走去，正午时分就来到了北普拉特河畔。沿着低矮的河岸朝下游走去，我看见很多木头横亘在一个沙洲上，于是我打算用柳条将两根木头捆绑在一起，仅仅工作了一个小时，我就用一根长杆将这个两根木头扎成的木筏撑下了水。由于一年一度的高水位尚未到来，几分钟之后，我的小木筏就到达了更远的布满沙子的浅水边。我想自己还会回来，便把筏子系住，继续前行。到了傍晚，我带着一个空饭盒，远离了野牛坑营地和北普拉特河。自从越过北普拉特河以来，大约在 32 公里的路程中，我没有看见一丁点儿水。我随身携带的一幅地图表明，远在北方约略超过 32 公里之处，有一条小溪。由于我一直向北赶路，我决定中途不停歇，头顶星光彻夜前行。

这是一个完美的傍晚，我只身一人穿越寂寥的大草原，朝北极星走去。一片片云越过天空飘来，在我抬头仔细观察北极星之际，不慎一脚踩空，从一道堤岸上掉了下去，仿佛掉进了一道峡谷，但其实我掉入的只是一条冲沟，宽仅 1.5 米，深也仅 1.5 米。我毫发未伤，赶紧爬出来继续前行，然而，这次经历帮我增长了平原荒野知识：要注意冲沟。

不久，云层便遮住了所有星星。我继续缓慢地行进，以免再次不慎跌倒或踩空。我可能往右边或左边走得太远了，如果我真的走得太远了，那么我就会彻夜行进，依然像我出发时一样远离水源。

突然，有什么东西在我的左边跳了起来，穿过灌木蒿猛冲过去。

那种声音听起来就像是大象的动作。待我转身去查明那究竟是什么的时候，不料一头栽倒在一丛灌木蒿上，掉到了一堆风滚草里面。风滚草提醒了我——这就是向导性的指路野草，它们被盛行的西风吹滚到了灌木蒿上，还有躲在背风面的沙子也是如此。从这些自然之物的指示中，我轻而易举地面对北方继续前行，一路越过平原。

在遥远的北方，我隐隐约约看见了一点儿幽暗的光亮，那也许是一堆营火，奇异得就像一颗星星那么遥远。随着我的视角多次变换，那点光亮也明明灭灭。既然它就在正北方，那么我就把它当作一种向导性的指示物，此时它渐渐黯淡下去，随后就消失了。行进中，我不时会遇到一片片灌木蒿。我检查方向，确认自己的行进路线正确无误，正朝着水源方向走去。果然，凌晨2点刚过，我就找到了水源。

日出之后，我想确定自己在夜里看见的那个火源的位置。我用望远镜观察远方，在北边好几公里之遥，我发现了一个牧牛营地的餐车，于是我动身越过大草原朝它走去，打算在那里过夜。

途中，我两次停下来观察草原土拨鼠的活动方式，仔细检查它们的"镇子"。在其中一个镇子中，一群草原土拨鼠组成的乌合之众吵吵嚷嚷，试图杀死一条入侵的响尾蛇（rattler），或者将它赶到镇子的界线之外。那条蛇见势不妙，一头钻进一个土拨鼠的洞孔，只见两三只土拨鼠凝视着那个洞孔，激动不已，而其他土拨鼠则挤成一团，不断狂吠、叫嚷。见此情景，我打算有朝一日重返平原，好好待上几天，熟悉这些肥硕的棕色小动物，熟悉它们在大草原上的镇子中的生活。

当我接近那个营地的餐车时，我最先看见的人就是那两个此前拜访过我的营地的牛仔。他们问我是否还在"经营"纺织品和五金用品商店，听闻此言，我哈哈大笑起来，告诉他们我想再增加一个食品杂货部。我购买的供给品足够好多天的。我没有告诉他们在我离开野牛坑营地时，整个草原土拨鼠村落都对着我留下的那堆琐碎的装备狂吠。我不再需要那些装备了，再也不会回去收拾它们。从那时起，我就打算真正"轻装简行"了。

牧牛营地的工头告诉我，在东北方向大约 32 公里处，有一个崎岖不平的沙丘地带，在那里可以看到一个河狸聚居地，还有其他令人感兴趣的东西，但是，生活在辽阔平原上的河狸就足以让人感兴趣了，于是我再次动身出发。

驻扎在翠鸟营地，观察羚羊

经过一整天漫长的旅行之后，我到达了内布拉斯加西北角，那里也许就是现在的巴克斯冈县（Box Butte County）境内的某个地方。数年以前，一场洪水滚滚而来，在一条小溪中冲刷出了一个狭长的小岛，岛上生长着很多古老的三角叶杨，其中一棵耸立在一道三米高的堤岸上。在它那平坦、蜘蛛网般密布的根须下面，一只獾或许是荒原狼曾经挖掘过一个洞穴。由于树根支撑着泥土，那个洞穴形成了较好的屋顶，牢固而不会垮塌，于是我就把那些松散的沙子清理出来，并加以扩大，可以让自己容身。然后，我从附近的堤岸上割了很多草皮，用其封闭了部分洞口。不到半天工夫，我就有了一个掩体，在荒野中，这样的地方足以让任何寻求躲藏的强盗快乐、满意。

由于在靠近我的洞穴的堤岸上，一只翠鸟（kingfisher）拥有一个巢穴，我就把此处称为"翠鸟营地"。在这里，我有了掩体、烧火的木柴和水源。在这个营地的第一夜，天上就开始下起雨来，这是我在此次旅行中唯一的一场雨。现在，我的旅行装备很简单，仅有一个帆布背包、一条毯子、一块防水帆布、大小铁皮杯各一个、铁皮平底锅、饭盒、短柄斧、小折刀和一个望远镜，这些东西似乎就足够了。我没带任何枪支。后来，我外出旅行时携带的装备还更少。我发现，睡袋是最让人满意的床，但有时候，我也会不携带任何被褥而前往荒野。

沿着这条小溪，很多三角叶杨在树干西侧都留下了火烧的伤痕。在一些树上，一侧的树皮被烧掉了，而且被烧掉的地方几乎高及我的脑袋。我为此困惑了两三天：为什么这些烧伤都出现在西侧呢？后来，在其他三角叶杨树干的西侧，我看见了堆积着被风吹来的大量废物、叶片、草丛和风滚草，我一下子明白了这个秘密：树干西侧的一堆堆废物燃烧的时候，会在那里留下火烧的伤痕。每隔几年，大草原上都会发生火灾，烈火会借助风势横扫平原，这些烈火留下的光彩，就成了我的荒野知识中的一个新亮点。

一天早晨，为了观察羚羊的生活方式，我爬到了一座小丘的顶端挥舞帽子，然后通过望远镜观看那些位于若干公里之外的小丘上的羚羊。一些羚羊看见了我，便忽闪着展开了它们臀部上的白色斑块，而那些位于更远的地平线上的羚羊看见了这种忽闪，它们的臀部也突然亮出了"白旗"。其实，通过观察和传递这种信号，每一群羚羊都成为其他羚羊群体的哨兵。我想象，这种预警性的忽闪还可能被第三群、第四群羚羊不断传递，一直传递到远方，提醒羚羊们要提高警惕。

这种羚羊是平原动物，为了适应没有树的平坦的远方，它们对自己的身体进行了调整。大多数动物逃避敌人的手段往往是逃出对方的视野，消失得无影无踪，然而在这平坦的没有树的平原上，羚羊常常无法逃脱敌人的视线，只能通过准确的眼睛、迅疾的四肢和及时的信号来躲避敌人。在动物界，这种羚羊或许是最迅疾的长途奔跑能手，而且它的眼睛硕大，几乎具有望远镜那样的远视功能，将远方的情况尽收眼底。

观察荒原狼采取策略，捕杀大野兔

来到翠鸟营地的第三天，我就开始一路上行，追溯从我的洞穴前面流过的那条小溪的源头。在上游大约 3.2 公里处，我就来到了牧牛营地的工头所提到的那道河狸堤坝，那道堤坝很可能是一年前构筑的，那里看不到河狸房子，但我闻到了某种气味，很像是河狸散发出的，低头俯视下面，我看见一个洞孔，在那里，在一个构筑在堤岸下面的河狸巢穴的顶部，一只羚羊将蹄子戳了过去；一条隧道从池塘通往巢穴，但隧道入口隐藏在水下30多厘米。

上行若干公里，我离开了水道，绕出一个长长的半圆形圈子，穿过一片布满小丘、崎岖不平的乡野，试图找到返回营地的路。我想养成定位计算的习惯，如此一来，我就可以确定自己随时都能自觉地这样做，并且做得很正确。我拥有丰富的经验，因此知道营地就在营地通常所在之处，就在你离开它之处。

回到翠鸟营地，我再次坐下来，在笔记本上追溯我走过的路线。让我惊讶的是，我竟然还记得路途中的那些曲折和路过的物体。在这样的追溯过程中，我的记忆坚持让我想起了很多我不记得路过的物体。比如，我想起了一棵树干上有一个陈旧的斧劈印痕，但我想不起见过这个印痕，实际上，我无法相信自己见过。第二天早晨，我在日出之前就来到了这棵树旁，发现这棵树上确确实实有一个陈旧的斧劈印痕。这棵树的年轮告诉我，这个印痕是24年前留下的。在初次路过这棵树的时候，我肯定在仔细观察着道路和其他更有趣的东西，然而我也在无意间看见了这个地标，并在脑海中留下了印象。

在阿拉斯加、加拿大、墨西哥和美国本土的每一个州，我都独自一人坐在营火旁。在这几百次露营的经历中，在各种各样的地方，在各种各样的天气中，我拥有的最有趣的经验，无疑是没有停下来有意为之，却始终都在无意地进行定位计算。

一个船长肯定经常做定位计算，因为风和潮汐常常会让船只漂离正确的航线。舵手肯定拥有指南针，然而单凭指南针无法驾驶船只。指南针显示的仅仅是方向，并没有显示船只在大洋中所在的具体位置，更没有显示船只想要到达的港口。凡此种种，肯定都是通过数学定位计算来确定的。

船长、飞行员、侦察兵、测量员、森林勘测员，每个人的工作都有些类似，而探险家则肯定集合了众人之长，还有过之而无不及。一个男孩，即便他并没有穿鹿皮鞋，没有长大胡子甚至没有远离家园，但只要他前往陌生的地区露营，那他也肯定是探险家。

一天早晨，两只荒原狼接近了我的营地，引得我几乎一整天都在跟踪它们。"我能找到返回营地的路吗？"一路上我自问。沿途，我回头观察过地标，注意过拐弯，打算记住沟壑、小丘、一片片仙人掌果（prickly-pear）和拐弯或地标之间的距离。

那两只荒原狼在一片混乱的沙丘区域绕圈、拐弯、离开，朝着地平线上的每一个方位行进，为了跟上它们，我不得不匆忙赶路。那两只荒原狼一度待在一起，然后，其中的一只转向一边挖掘耗子，而另一只则似乎跃向空中抓蚱蜢。不仅如此，它们还试图悄悄捕捉草原土拨鼠——一只荒原狼躲藏起来，而另一只则迅速冲进土拨鼠镇子。不过，那只冲进去的荒原狼一无所获，继续前行了一小段路便坐了下来。正当那些土拨鼠兴致勃勃地看着它，另一只荒原狼则悄悄溜上前来，猛冲过去，追逐那只距离洞口最远的土拨鼠，但可惜的是，那只肥硕的土拨鼠拼命奔逃，先于掠食者半个身位钻进了洞穴，逃过一劫。

当那两只荒原狼一起前行，来到一道土脊上，另一只荒原狼也从附近经过。它们看着路过的荒原狼，但对方假装没看见它们扬长而去。它们继续狩猎，在一座沙丘前面，其中一只转向右边，而另一只则转向左边，仿佛在进行某种合围。我看到，右边那只荒原狼悄悄溜上前去，朝着一道沟壑窥视里面。然后，它就慢慢地走了下去，仿佛在等待另一只荒原狼惊动某种猎物。果然，那只荒原狼很快就惊动了一只长腿大野兔（jack rabbit），这个猎物还没来得及逃出崎岖不平的沟壑，便被埋伏的荒原狼迅速赶上前来猎杀了。

在荒野之旅中增长自然知识

在大草原上，就像在群山和森林中一样，我不断尝试接近野生动物，以便更加仔细地观察它们。观察时，我会匍匐爬行到小丘或土脊顶部，窥探一番之后才现身出来；我会窥视辽阔的平原之后，才从沟壑中爬出来。这种悄悄潜入的方式常常让我能够接近荒原狼或羚羊，为了不惊吓它们，我常常会把自己充分隐藏起来，久久地俯着身子观察它们。

当下午过去大半，我沿着一条迂回曲折的路线行进了 32 公里以上，而现在的事情就是要直接返回营地。我感到，越过那些混乱的沙丘，营地就在前面，不可能超过八公里远。为了确定我的位置，我在一片光滑的沙地旁坐了下来，在沙地上画出弯曲的线条，显示我离开营地之后蜿蜒、绕圈和纠缠的路线。

为了随时记住营地在哪里，我才偶然发现了这个办法，自从那时起，我在千百次旅行中都屡试不爽：我幻想自己被一根线或一个卷轴系于营地，这根线或卷轴会迅速而松弛地拉扯，还不断稳定地拉扯，如此一来，我随时都知道营地在哪里，我在哪里。这个办法的实施，使得我的面前始终保持着一幅当地地图的图像，在我的脑海中显示出营地的位置，而且我能估算出大致距离。

我动身走下沙丘，前往营地。刚走出大约 1.6 公里，天就黑了下来。我不得不缓慢行进，因为这些小丘上布满深深的冲沟。有两次，我不得不走出好一段路程，绕过又长又深的冲沟。要是我能走到平原上，就能径直回到营地，我想，即便蒙着双眼也能走回去。我的脑海中没有一丝害怕迷路的杂念，一路前行，最终我没有迷路，终于来到了宽阔、平坦的大草原上，轻松地回到了翠鸟营地。在三角叶杨燃起的熊熊篝火旁，我在一个发白的野牛颅骨上标明了我这一天的行程，标出了路程中的种种循环、倒转循环、绕圈、Z 字形路线和拐弯。然后，我将其统统记录在笔记本上。在荒野知识的领域中，这是我最重要的一天——我现在能够随意漫游最为崎岖不平的乡野，而且在任何时候，我都能在没有指南针的情况下，指出营地的方向。

在平原上，我仅仅认识一些植物和动物。丝兰（yucca），这种毛发竖起的绿色植物豪猪，就是其中之一。旅行中，我把一些我想认识的植物夹在笔记本中带回家。每一次露营旅行之后，我都要尽快前往图书馆查阅资料，还跟一些有识之士交谈，因为他们的指教可能对我有所帮助，会给予我一些关于我在旅行中看到的新出现的植物和鸟类的信息。

实际上，单凭这种方式，我通常无法获得自己想要了解的东西。有时候，书本和人们提供的信息都是错误的。不久之后，我就发现有很多涉及户外生活的要点，需要我亲自去查明。在露营之旅中探索我想了解的东西，对于我来说充满了无穷无尽的欢乐。在一堆堆营火之间的荒野之地，河狸、熊和山地野绵羊都给了我很多快乐的日子。与露营之旅息息相关的最大的快乐就是追踪野生动物，最终发现又一章未曾记录的真正的自然故事。

记录飞禽走兽的行为方式

我随身携带着一个笔记本，但在旅行中很少使用。有时候，我需要测量某种东西并想得到确切的数据，或者记录不同寻常的事物，或者记录我想要查明的事物，我才会记录到笔记本上。以下就是我在辽阔的平原上旅行时所记录的一些有趣的事情：

"观察羚羊的时候，我看见它们所吃的唯一的东西就是灌木蒿。如果这种苦涩的东西是它们所吃的一切，那就很奇怪了。"

"在仅仅一棵三角叶杨上面，就有蓝鸲（bluebird）、啄木鸟（woodpecker）、鹪鹩（wren）和知更鸟（robin）等多种鸟儿筑巢。尽管它们的巢穴相当密集，但据我观察，它们都和睦相处、相安无事。我原来还以为每一对鸟儿至少会占据四棵树呢。"

"草原土拨鼠的行为更像花栗鼠而不像狗，看起来也更像猪而不像狗。谁能把它们命名为狗①呢？"

"查明猫头鹰、草原土拨鼠和响尾蛇是否真的会同居一穴的传闻。"

"在平原上，相比其他动物，荒原狼似乎拥有更多的娱乐。它们彻夜都在吵嚷，声音此起彼伏。昨夜，它们发出的声音听起来就像是一个拥有上千成员的大集群在吠叫，但到了今天早晨，举目望去，我却只看到两只在游荡。"

"在荒原狼的吠叫和嚎叫中，我听不到一丝悲哀的声音。那种声音更像是一帮荒原狼在欢乐地玩耍。昨夜，它们不时传递信号。靠近营地的一只荒原狼开始唱起一支歌，接着停了下来，然后大约在3.2公里之外的另一只荒原狼又唱起同一支歌，而当它停止歌唱的时候，第三只荒原狼又开始唱起来——那声音听起来仿佛远在百万公里之外。"

"有时候，草地鹨似乎在这样说：'在那个伟大的格威塔克旁边。'这种鸟儿是我在平原上所听到的声音最佳歌手。"

"今天，我看见了一个草原土拨鼠镇子，方圆400来米，其中有成千上万个洞孔密密麻麻地紧靠在一起，每个洞孔的口子恰好

---

①草原土拨鼠的英文名为"prairie dog"，直译为"草原狗"。

放得下我的帽顶。每个洞孔都有一道土质堤坝环绕在四周，看起来就像一个小小的火山口。我做过步测，纵横走出了 27 米，面积是一个钻石形的棒球场地，在这个场地里面，一共有 46 个洞孔。"

在大多数露营之旅中，我都只身一人且没有驮马。每一次旅行中，我都要仔细观察新出现的动物。而那些我已经熟悉了的动物则总会对我展现它们新的表演。我常常一坐就是两小时，观察一只亲鸟给幼雏耐心地喂食，或者亲鸟给幼雏讲授的一堂飞行课。我还频频遇到蚂蚁聚落之间发生的战争。在大草原上的最后一天，两个蚂蚁聚落发生了战争，正当数不清的蚂蚁在一座大蚁冢上混战之际，却不料两只扑翅鴷（flicker）突然飞下来落到战场上，饱享一顿盛宴，吃掉了成百上千只蚂蚁战士。

当我在大草原上的假期结束的时候，我回到了那个牧牛营地，一个好心的牛仔带我前往最近的火车站，我在那里搭上路过的火车，返回了我那位于朗斯峰山中的小木屋。

在野外，到处都有大自然的指南针

在我早年的露营之旅中，我携带的最无用的物件就是指南针，其实这种东西是最不必要的装备。

指南针很容易出故障或弄错方向，或者失灵。在一些地方，磁铁会如此强烈地影响指南针的运转，以至于指针就像迷路的大雁一样团团乱转，根本找不着北，无法平静下来指向任何明确的东西。

然后，它有时会受到严重的影响，从而指错方向，而携带者还不曾怀疑，继续走错的方向。一个曾经跟我一起扎营的人就遭遇了这样的问题：他爬上一片含有石英的露天岩层，结果在看指南针的时候，却不知道正确的方向，指针指向东方而不是北方。他本来应该回到营地吃晚饭，但由于在野外往来折腾了一晚上，最终回到营地时，恰好赶上吃早饭！

其实在野外，大自然到处都赋予我们种种指南针、路标、地标——里程碑和指示物，把东、西、南、北统统都显示了出来。而霜、火、冰、水、树和其他植物，以图案、符号、标志和绚烂的色彩显现出来，密集得就像节庆时的旗帜、标语和彩色布条，旅行者可以信手拈来，辨明方向。

在沙漠地区，大多数植被生长在陡峭的北坡和朝向北方的峡谷崖壁上。

在干旱贫瘠的区域，大多数草丛生长在北坡上。

大多数苔藓和地衣生长在开阔地的树木、悬崖和大圆石向北一侧。

在加拿大和美国北部的那些州，岩石上留下了向南流动的冰川南北方向的挠痕印记。如果这些印记不同于北方和南方，那么局部的地点将会始终如一。

在很多靠近海岸的地区，树木的枝条指示着盛行的风所吹的方向。

在大多数山峦的林木线上，很多树木就像旗帜一般，所有的枝条都朝着背风面延展、飘扬。

在野外露营的那些岁月里，我利用了所有这些和很多其他指示物来为自己导航。

我曾经说过，如果把我蒙上眼睛带到落基山中，我能用双手仔细摸索一些树木而辨别出指南针上的各个方位、海拔高度和当时是一年中的哪个季节。而且在判断出这些树木的过程中，我还能说出那些最有可能在这些树木附近发现的植物、昆虫、飞禽、走兽。后来，当我独自上山旅行时，我真的在山顶上患了雪盲症，于是我就开始摸索着走下白雪皑皑的高山，其间冰坡、陡峭的峡谷纵横交错，但我始终相信自己没有眼睛也能找到回家的路。一旦下降到林木线上，我就通过摸索树木来判明方向。找到英国针枞（Engelmann spruce）和柔枝松（limber pine）之后，由于我熟悉这些树木生长在什么山坡上，我就利用它们来作为向导和指南针。通过利用这些树木和采取其他计算方式，我设法从山上安然无恙地走下来，这段路程大约 32 公里，其间我没有折断脖子，也几乎没有受伤。

美国的每个州都有一些荒野之地，允许人们在其中露营，享受快乐的露营生活。作为真正的探险家的露营者会尽量利用每一次远游，将其作用发挥到极致，从这些经历中，他最有可能接受准备、获得经验，前往大地上最野性的地方露营。

大多数男人和女人、男孩和女孩都会去露营，那么就去露营吧，他们会拥有美好的时光。其他人去露营主要是因为露营给予他们钓鱼、狩猎或拍照的机会，他们也一定会拥有美好的时光。正如我在千百次露营之旅之后所认为的那样，我前往野外露营主要是因为我喜欢观察飞禽的活动方式和走兽的习性，岩石、树木和花朵吸引我一次又一次去观察它们，当然，山顶、峡谷和湖泊也是如此。我喜欢在冬季露营，也喜欢在夏季露营，还喜欢在沙漠、平原上和森林覆盖的山中露营。为了了解"一种植物或动物怎样变成它现在的样子以及它为什么会在那里"，我始终都很激动。

第 7 章　山狮追踪记

The Lion Plays Soft Pedal

山狮把落单的小羊和羊群分隔开来，并采取疲劳战术，最后成功地将其猎杀，饱餐一顿；山狮企图从后面突袭一群野绵羊，还扑击积雪下的雷鸟，但都功败垂成；不走运的山狮捕猎行动屡屡失败，在将近三天的时间里，仅仅捕获了一只松鸡来果腹。追踪者在晚上扎营时，山狮偷偷接近营地观察，后来查明，原来它一直在尾随追踪者，而且不到一天就捕获了几只雷鸟和三只山地野绵羊；山狮耐心地守候着结冰的河狸池塘，最终成功捕猎了一只出来透气的河狸；为了摆脱猎犬的追逐，山狮施展诡计，隐藏自己的行踪，仿佛凭空消失；倒霉的山狮扑到鹿身上，却在搏斗中被撞成了重伤；面对大灰熊，山狮不得不放弃已经到手的猎物……

山狮采取疲劳战术捕杀小羊

在斯佩西门山（Specimen Mountain）上的林木线地带，我偶然遇到了一只山狮新近留下的踪迹。这只山狮爬上一个山角，来到了林木线，在这里，它可以左右眺望，探查四周的动静。为了解读它留下的故事，我一路沿着它的踪迹追踪，走上白雪皑皑的山坡。

接近顶峰的时候，这只山狮一度蹲伏在山脊后面窥探，显然是为了观察那些正在附近活动的山地野绵羊。当它躲在山脊后面看不见之处，它又在附近偷偷走出了一两百米，也许是打算走向一只落单的绵羊。

留在雪地上的踪迹表明，这只山狮抓住机会一跃而起，朝着羊群猛冲了过去，把一只落单的小羊和羊群分隔开来。随着又一次冲刺，它把那只小羊吓到了山坡下面，使它跟羊群分隔得更远。

山坡上留下了很多 Z 字形和折回的踪迹，这些痕迹都表明，那只小羊并未束手就擒，而是不断尝试冲上山坡回到群体中，但因为山狮及时阻止，小羊每一次努力尝试都失败了，重返羊群的希望也就化为泡影。

山狮占据了山坡的上部区域，它居高临下，不断把小羊朝着一个陡坡或一条狭窄的冲沟挤压。在彻底阻断了羊群对小羊的援助之后，这只山狮施展策略，显然是要将猎物累垮，将其拖得精疲力尽之后再伺机捕杀。

于是，山狮找到一个有利的地点躺了下来，但它躺了没多久，那只小羊便爬上了一片陡峭的悬崖，猛然冲上山坡，只差一点儿就从山狮旁边跑了过去，回到羊群之中，但可惜的是，小羊的努力功败垂成——山狮及时截断了它的去路，再度把它挤压到山坡下面。在这次大胆的尝试之后，那只小羊的踪迹表明它已经疲惫不堪，冲刺行动越来越少，而山狮却不断进逼，距离小羊越来越近。经过几个小时的努力，这只颇讲策略的山狮终于把小羊挤压到了那个白雪皑皑的山坡下面 1.6 公里之外，然后它一跃而起，扑向那可怜的牺牲品。

这只山狮饱餐一顿之后，便爬上了附近的一道悬崖，在那里躺下来休息了一阵。不久之后，它又重返猎物身边，继续大快朵颐，接着就离开了那具残骸，绕着山坡缓缓而行，走到了自己此前上行到林木线的踪迹之中——而我就是在那下面不远处发现其踪迹的。前行了 400 来米，那些踪迹就消失在光秃秃的岩石中间，也许山狮在那些岩石间拥有一个巢穴，它回家休息了。

山狮留下的踪迹，显现出很多涉及其性格的证据。它如此机警，因此人们很少看见它的活动。它的踪迹还表明其好奇心十足，喜欢去探究跟自己并无多大关系的事物。它就像侦察兵，不断地努力地隐藏自己的行踪，具有持久的耐力，往往通过偷偷摸摸的潜入来捕获食物，但有时它似乎也很胆小，容易受惊而逃窜，而且并不像传闻中那么凶猛。

山狮戏弄豪猪，觊觎野绵羊

另一只山狮留下的踪迹，顿时让我活跃起来，使得我因此而娱乐了大约 50 个小时。在那只山狮捕获了一只松鸡（grouse）的峡谷里，我偶然遇到了它的踪迹。它从峡谷中爬出来，沿着一道山脊顶端前行，而那道山脊通往这道山岭的顶峰。在靠近林木线的地方，又有一只山狮的踪迹交叉而过。凑近仔细一检查，我才发现这些交叉的踪迹和我追踪的踪迹是同一只山狮留下的。这些踪迹相互交叉，究竟是在我追踪的那些踪迹之前还是之后留下的呢？对此我无法确定，但决定去追踪这些交叉的踪迹，于是我一路走下山坡。

在一个地方，这只山狮戏弄了一只豪猪（porcupine），还不断撕咬那个小家伙。那里留下的踪迹表明，山狮伸出爪子去掌掴豪猪，绕着豪猪跑动，还在豪猪身上跳来跳去，在那片豪猪穿越的空旷地，这个捕猎者一路快活地穿过。

这只山狮离开豪猪之后，下行到一条柳树丛生的冲沟，隐藏着身子，径直朝着我最初发现其踪迹的那条峡谷走去。

我追踪这些上行的踪迹，来到我在林木线上离开这些踪迹的地方。在前行了800米之后，这些踪迹突然向右急转——这只山狮偷偷摸摸地向上攀爬，接近一道悬崖的边缘，山地野绵羊常常从那里向下俯视，同时享受暖暖的日光浴。一只单独伫立的老山地野绵羊十分机警，它显然嗅到了山狮正在逼近的气味，便立即跳下悬崖，朝山坡下面走去。

然后，这只山狮爬上一条陡峭得适度的小径，走向顶峰。前行了大约1.6公里之后，它就遇到或者几乎遇到了另一只下行的山狮。这场相遇发生在一道光秃而没有树的山岭上，两只山狮似乎都故意稍稍靠着野生动物小径的右边而行进，双方相隔大约十五米。

当它们相向而行走过的时候，它们才转过身去面朝对方，向前走出几步，然后坐下来。从山坡上走下来的那只山狮似乎先动身出发，因为我追踪的这只山狮还转过身去，仿佛要目送对方渐渐远去。这很可能是山狮相遇时的正式礼节，但也可能不是。

在一个疾风扫掠之处，山狮的踪迹消失了。我又向前搜索了800米，才找到它的踪迹。在这个间隔中，山狮究竟去了哪里，究竟干了什么，无疑是一片空白，我不得而知。但在沿着山坡上行的路上，它从山岭上的一堆岩石后面不断露面。在一堆岩石的右边，它四处窥视之后才现身走出来，然后走向下一堆岩石，但它在现身之前都要先看上一眼，无论走向右边还是左边，抑或越过顶部，它都不忘先窥视一番才动身。

接近顶峰的时候，一群山地野绵羊走向左边，然后转身目送这只山狮经过。那些羊聚在一起，牢牢地伫立着，显然根本不怕这只山狮。除了雪堆，一般地方的积雪还不到 30 厘米深，因此野绵羊能够轻而易举地逃脱。当积雪深厚，结成坚硬的雪壳，那就是另一回事了：羊群不得不突破积雪的封锁，而山狮却用不着如此劳神费力，每到此时，山狮就会利用环境给自己带来的优势，一次又一次大开杀戒——山狮并不重，很少超过 45 公斤，因此十分轻快敏捷而又强劲有力；其脚掌宽大而柔软，使得它很容易越过泥泞或积雪的地方，而在这样的地方，对于身体更重的动物，比如蹄子小而坚硬的鹿和野绵羊，行走起来十分困难。

经过这群野绵羊之后，这只山狮继续前行，越过山顶，仿佛打算走下另一个山坡。但它停了下来，四处观望，然后转身往回走，沿着它来时的踪迹折返了大约 400 米，接着转向右边，从峭壁小心翼翼地推进到岩石，接近它在顶峰上路过的那些野绵羊。然后，它绕了一个 800 来米的大圈，从那些野绵羊后面爬上了一道悬崖。在这道悬崖上，它能够轻易地观察那些野绵羊，却不会被对方嗅闻到气味。在这里，它似乎停留了好几个小时。但是，那些野绵羊还是没让它如愿——它们根本没有靠近山狮能够跳起来扑击的地点，没给它任何捕猎的机会。

扑击雷鸟失败，山狮又追踪野绵羊

于是，这只不走运的山狮只得悻悻地离开那些野绵羊，动身下山，往东边走去，前往大约 4.8 公里之遥的一条冲沟上端。我在附近攀爬了一阵，然后就再次追踪它的踪迹。此时，雪花开始稀稀拉拉地飘落下来，一路上，有好几场飘雪积累而成的很多大雪堆，积雪很深。在下行的路上，这只山狮偶然遇到了一蓬矮小的柳树，上面落满积雪，一些雷鸟便躲在下面。它蹑手蹑脚地靠近这蓬柳树，猛地一跃而起扑到上面，但不幸的是，它依然一无所获——就在它扑下去之前，那些鸟儿就探测到了逼近的危险，迅速逃之夭夭。

在下面的树林中，白雪皑皑，大约深达 60 厘米，而在林木线之上的山坡上面，积雪却只有 30 厘米。这只山狮沿着林木线前行了超过 1.6 公里，始终躲藏在矮小的云杉或柳树的锋线后面。在树木的屏障之下，它在四周偷偷地潜行，俯视那些位于散落的树木间的空旷地。最终，它悄悄地接近了一群山地野绵羊，而那些羊或者正在吃草，或者躺在疾风扫走了大部分积雪的地方休息。

它并没有贸然出击，而是从这个发现的地点转身返回，迂回绕了一个大圈，从那些野绵羊下面溜进来。在野绵羊附近，它偷偷地爬到了一堆岩石上，警惕地等待了好几个时辰，期盼猎物靠近自己。但是，那些野绵羊一直在远离它的地方吃草，于是它又远远地绕了一个大圈，来到一个树丛，而那些野绵羊则一路吃草，正朝着它隐身的树丛慢慢走来。但就在距离这里不远之处，那些野绵羊显然闻到了它的气味，立马惊慌而逃，疾驰着跑上长长的山坡，逃往这只山狮曾经观察过的前面提到的那群野绵羊所在的顶峰。但这只山狮并没有就此放弃捕猎的希望，而是一路追踪过去。

正当那群野绵羊和这只山狮上山的时候，我刚好从山上下来，我们在150－180米的范围之内擦肩而过，只不过一道低矮的山岭隔开了我们。从野绵羊和山狮留下的踪迹来判断，它们都不曾听到我的动静，也不曾闻到我的气味，而我也不曾怀疑它们就在我的附近活动。野绵羊和山狮都悠闲地前行，没有什么迹象表明这只山狮多么近距离地追踪那些野绵羊，也没有任何迹象表明那些野绵羊知道山狮紧随其后，一路追踪而来。

山狮跟踪而来，距离我的营地仅六米

当天晚上，我就在林木线上扎营过夜，第二天早晨又开始追踪这只山狮。在距离我的营地不远处，我偶然遇到了一行新鲜的山狮踪迹，那是前一夜留下的。我沿着这行脚印追踪，最终弄清了它的活动轨迹：原来，这只山狮一度爬到了距离我的营地仅有六米的地方，久久地观望，然后攀爬一道悬崖，它可以从悬崖上看见我。当我朝着那道悬崖追踪而去的时候，这只山狮就匆匆离开了，走向悬崖后面。山岭上，我走到我前一夜留下的踪迹上，才发现这第二只山狮原来一直在跟踪我，但它究竟跟踪了多久，距离我有多近，还是很有趣的推测。我希望查明，便再次朝顶峰进发。

接近顶峰，靠近那只山狮曾经躺着等待野绵羊之处，我偶然遇到了那只跟踪我的山狮留下的踪迹。当时它靠得很近。在我逗留过的一个地方，它小心翼翼地匍匐靠近，而且它本来可以一跃而起扑到我的身上，但是机会如果突然让我们走到一起，或者让双方的身影迅速脱离，那么天际线可能就变得丑陋了。

我返回到第一只山狮的踪迹上，下行到前一天两只山狮相遇的地方。在这里，我瞥见了我正在追踪的那只山狮，而它并没有怀疑我就在附近。正当我观察之际，它猛然冲到羊群中间，却未能成功地捕获猎物。失败之后，它就放弃了那些野绵羊，任凭其机警地站在悬崖上，自己则连续跳跃到下面的山坡，显然是朝树林走去。我没有继续追踪。

当我在冲沟下面遇到这只山狮的踪迹，其踪迹就已经留下 36 个小时了，而这只山狮越过自己以前留下踪迹的山岭，也足足有 12 个小时了，因为我追踪这些痕迹已经有 36 个小时，因此我对山狮的生活差不多就有了 3 天的记录。然而不幸的是，在这段时间里，这只山狮所捕获的食物不过是区区一只松鸡。

就在这第一只山狮顺着山坡驰骋下去之后，我开始搜索那只跟踪我的山狮的踪迹。在前一天很早的时候，它就发现了我的踪迹，便一路跟踪我，路程也许有 24 公里，差不多 20 个小时。

我沿着它的踪迹回溯，想看看它在前一天究竟干过什么。在大约三公里的路程中，也许在不到一天的时间之内，它就频频出击，猎杀了三四只雷鸟、三只山地野绵羊。当时那些野绵羊正在穿越一段部分结成硬壳的深深的积雪，在八只绵羊当中，有三只被它成功地捕杀。

在那三只被猎杀的野绵羊中，这只山狮只吃了其中一只的一部分，有两只丝毫未动。因此跟踪我的这只山狮吃得很饱，它跟踪我并不是要扑击我，而是为了让自己开心，或者是为了满足自己的好奇心。我继续回溯它的踪迹，发现在这场大屠杀发生的前一天，它还猎杀了另外两只野绵羊。考虑到它可能再度返回最近屠杀的猎物身边大快朵颐，我就在第二天傍晚赶回了猎杀现场，可是它并未回来继续享用。一般来说，如果这只山狮没能捕食到另一只热血猎物，那么它就会回到这里，用以前猎杀的猎物来果腹。

山狮耐心等待，终于成功捕杀河狸

山狮是荒野中贪婪、滥杀的掠食者。它可能不会跟大多数大型动物玩游戏，还似乎通过跟踪人类或过度捕杀猎物来放松自己。很多细心观察过的猎人都说，一年四季，山狮平均每周都要猎杀两头鹿。如果有猎杀的机会，只要能捕捉到猎物，那么它就会不断出击，大肆猎杀。我曾经了解到，仅在半天之内，它就频频出击，连续猎杀了四头鹿，而它还没吃掉自己已经到手的猎物，就可能弃之一边而不顾，去追猎别的猎物，并大开杀戒。

还有一年冬天，我越过大陆分水岭一路探索，偶然遇到了一只山狮留下的踪迹，便一路追踪下去。这只山狮从太平洋山坡这一边的一条冲沟顶上越过，直接前往大西洋山坡那一边林木线之上的一道山岭。它并没有慢吞吞地漫步、徘徊，却显然正在前往下面树林中的某处，目的地很明确。

途中，它偶然遭遇另一只山狮的踪迹，便转身开始对其追踪，来到一道小小的山岭顶上，然后回到它以前留下的踪迹和路线上。再前行400米，它又改变方向，去追踪另一只山狮留下的踪迹，这一次，它追踪到了一大堆巨型岩石的残骸下面。在这些凌乱的岩石中间的某处，很可能隐藏着一个山狮巢穴。

然后，它的踪迹开始下行，前往更低、更开阔的区域。它拜访了一个河狸池塘，显然希望能捕获一只河狸来充饥，它爬上那覆盖着柳树的河狸房子，中途又躺了下来。在靠近房子的冰层上，有一个洞孔，河狸们不断啃咬这个洞孔，让其保持敞开，因此才能穿过这个洞孔爬出来透气，在房子一侧享受日光浴。

从融化的积雪和压过的地方来判断，这只山狮很有耐心，在房子上停留了好几个时辰，密切地观察着冰层上的这个洞孔。然后，它就离开了，穿过河狸池塘下面那片柳树丛生的平地而到处漫游，却没有捕获到任何猎物。然后，它又回到河狸堤坝，在堤坝上的一个地点，池塘的水潺潺流淌，穿过一个大小如普通电线杆的洞孔流出来。当30多厘米厚的冰层覆盖在池塘表面，这个洞孔能让河狸们从结冰的池塘出来。在这个地点，这只山狮四处追踪，仿佛在守候一只随时可能出现的河狸。

在这里，虽然没有捕获任何猎物，但它并没有放弃，而是返回那座河狸房子，在另一个地点躺了下来。它必须重新等候又等候，耐心得就像爱斯基摩人守候在海豹洞孔旁边。

山狮具有长久地躺着等待猎物的能力，我曾经了解到，它们停留在一片低矮的悬崖上，守候并盼望猎物出现，等待了将近30个小时。在这里的冰层上，一只河狸终于出现了，但它究竟是在白天还是夜晚出来的，我无法确定，只见一行模糊、泥泞的踪迹从那个洞孔延伸出来，却在两三米远的冰面上结束了——现场血迹斑斑，四处还留有散乱的毛发。

山狮对追踪的猎犬施展诡计

有一年秋天，我在高海拔地区漫游、探索，从雪地上留下的踪迹中读到了很多新的故事，而山狮在其中扮演了重要角色。不到二十四小时，同一只山狮就捕获了两只棉尾兔和一只雪鞋兔。我继续前行了七八公里，雪地上的记录充分表明，这只山狮偶然遇到了一只三脚山猫留下的踪迹，那只山猫的一只前爪折断了，鲜血淋漓。于是，这只山狮便开始追踪山猫的踪迹，经过3.2公里的跋涉之后，山猫的踪迹进入了一个巢穴。在这里，山狮躺下来观察，也许还打了个滚儿，侧着身子打了个盹儿。尽管如此，那只山猫一直没露面。

大约一天之后，在一片开阔地的边缘，这只山狮偶然遇到了我的踪迹。起初，它与我的踪迹隔着一段距离而徐徐移动，完全绕着开阔地而行，再回到我的踪迹上——它就是在这附近看见我的踪迹的。在这里，它开始玩耍：它从一个柳树丛后面偷偷摸摸地爬上前来，匍匐接近我留下的足迹。从一根大木头后面，它突然高高地跃起，扑到我的足迹旁边。那里留下的踪迹混乱不堪，仿佛进行过一场搏斗。

但这一切都是虚构的，因为这只山狮的行动表明它知道这些踪迹与人类的气味有关系。由于山狮攻击人类的行动只有少数几个案例存在，而且那些攻击很可能是精神失常的山狮所为，因此，这只山狮很可能通过攻击和对抗一个幻想中危险的敌人来自娱自乐。

有一次，我在北部公园（North Park）追踪一只山狮，它留下的踪迹表明它突然受到了惊吓。它俯下身子，然后隐藏着匍匐爬上前去观察，还站立起来聆听，然后快速逃离。原来，它听到了或者闻到了猎人放出的猎狮犬，这些猎狮犬很快就发现了它的踪迹。在追踪它的过程中，我来到了一个有趣的地方——在这里，它试图摆脱猎狮犬对其气味的跟踪。

这只山狮向西跑去。就在几乎经过了一道悬崖的时候，它突然停下来，似乎改变了主意，因此又转过身去，沿着来时留下的踪迹倒回去18 - 21米，然后跳跃到一块大圆石上面，从大圆石上，它又跳跃到悬崖的侧边，那里距离它留下的踪迹也许有2.4米。从这个地点，它开始环绕悬崖，向上攀爬了9 - 12米，绕到它以前留下的踪迹15米范围之内，再跳跃到下面的积雪中，然后朝东南方一路飞奔而去。

这一诡计扰乱了猎狮犬的搜索，使其耽搁了一个多小时。但不久，猎狮犬们就重新发现了线索，一路追踪而去，在 400 米范围之内，这只山狮爬上了一棵树。

狐狸、山狮和很多其他动物都意识到自己会留下泄密的气味，而大灰熊似乎是唯一知道自己留下看得见的踪迹的动物——其踪迹会泄漏它的存在，暴露它所行进的方向。

第二天，距离现场大约 6.4 公里处，我偶然遇到了一只山狮的踪迹，这些踪迹似乎相对较新，于是我穿上雪鞋，顺着这些踪迹一路追踪。这些踪迹向前延伸，围绕树林中的开阔地，越过悬崖，进入一道峡谷。我对这些踪迹几乎追踪了一整天，又来到了这些踪迹与一些雪鞋的踪迹汇合之处，而那些雪鞋的踪迹其实是我自己在一天前留下的。一整天，我都在追踪一只消失了的山狮，但这并不要紧，因为我只是在解读踪迹留下的故事，而不是要捕捉山狮，尽管如此，我严重地误判了这些踪迹留下的时间长短。

山狮伏击鹿，却被撞成重伤

还有一次，一只山狮沿着一条野生动物小径，把我引到了一道悬崖的壁架上，那里距离下面的雪地约有三米高。这条野生动物小径就位于这道悬崖和大约六米开外的另一块岩石之间，但深深的雪堆导致追踪者靠近岩石缓缓移动，而在那些岩石上，就隐藏着一只山狮。

它在壁架上进行了漫长的等待。很久之后，一些山地野绵羊走了过来，但在靠近这里不远之前，显然嗅到了它的气味，便从小径上转身离开，迈着沉重的脚步四处游荡，接着转身往回走。

但不久，三四只鹿就出现了，朝这边走过来，一只体形硕大的鹿，在稍稍位于那块岩石下面的地方毫不怀疑地停了下来，而就在此时，这只山狮一跃而起，扑到鹿的身上，山狮紧实的身体带来了巨大的冲击力，似乎使得那头鹿失去了平衡，一下子就被撞翻在地。但那头鹿很快又站了起来，而山狮还紧紧抓着它的身体死死不放，或许是抓住了鹿的脖子上面，那头鹿再次站稳之后，便带着山狮朝着山坡下面跳跃而去。跳跃之中，这只山狮的肩膀被撞在一根断裂的粗枝尖上，使得它一下子就从鹿的身上掉落了下来，被狠狠地摔到积雪中，那头鹿趁机逃之夭夭，而山狮只得跛着腿，一拐一拐地慢慢走进下面的峡谷，此时，它只能使用一条前腿，而它的一只肩头很可能被撞断了。

有一年2月，我在树林中偶然遇到了一些踪迹，那些踪迹表明一只山狮在悠闲地行进，于是我开始追踪。这只山狮几乎保持着罗盘上的线路走向东北方，穿过下面浓密的云杉林。不久，它突然跳跃到一边，接着便久久地等待，显然它躲在一棵云杉后面密切地观察。然后，它稍稍朝右边挪动，小心翼翼地推进，从一棵树移动到另一棵树，其间还停下来久久地观察或嗅闻、聆听。在几乎穿过了半个圆圈之后，它突然后退了30米，然后继续向前推进，接着又再次迅速后退。

然后，它回到最初受惊的地方，朝左边缓缓移动，更为迅速地向前推进。在这样多次前进、后退、改变线路之后，它接近了云杉之间的一个开阔地，而那些云杉下面有一个熊的洞穴，它在那里停留了片刻，然后沿着自己的道路离开。在它停留的地点，我还能嗅到空气中有冬眠的熊散发出来的那种恶臭气味。

仅仅几分钟之后，沿着另一只山狮的踪迹，一头大灰熊的踪迹汇入了这些踪迹。一头黑熊也越过了这些踪迹。我追踪山狮和大灰熊的踪迹还不到两个小时，就来到了这只山狮猎杀一匹马驹的地方。它敞开肚子饱餐一顿后躺了下来，而正当它显然打算对马驹的尸体再次大快朵颐之际，那头大灰熊不请自来，于是山狮赶忙奔向猎物，试图护住自己的捕猎成果，但那头大灰熊根本不屑一顾，朝着它不慌不忙地缓慢前进，中途并没有止步。显然，这只山狮朝着大灰熊挥舞爪子，试图击打对方，但最终不得不放弃猎物，退到后面躲避，它伫立了好一阵，观察那头大灰熊进食，但它心有不甘，在一旁发出刺耳的吵闹声并四处游荡。然后，这只山狮冲向大灰熊，它在冲撞了两三次之后，终于惹恼了大灰熊，那头大灰熊伸出爪子，一掌将其打翻在地，山狮跌了个仰八叉，刚从地上爬起来，又被大灰熊抛出好几米远，顺着山坡滚了下去。

这只山狮失去了自己的猎物，但是根据间接证据，马驹的主人看到大灰熊在啃食被猎杀的马驹，便悬赏招募猎人去捕杀那头"杀戮马驹"的大灰熊。

第 8 章　追踪盗马贼

Following a Concealed Trail

一个抢劫了银行的窃贼盗走了牧牛场工头的马，一群牛仔便开始追击。但是，窃贼十分狡猾，行踪飘忽不定，忽东忽西，而且煞费苦心地拔掉了马蹄铁，还让一群放牧的马扰乱蹄印，从而掩盖踪迹。更有甚者，在一段路程开外，窃贼竟然给马蹄重新装上另一副马蹄铁！在溪流旁边，窃贼绞尽脑汁隐藏行踪，不仅来回越过溪流，还让马倒退着上山……乔治·摩尔，一个老到的追踪者，在窃贼留下的纷乱、似有似无的踪迹中理出头绪，找到了正确的追踪方向，终于在洛斯特盆地赶上了以为万事大吉的窃贼，尽管窃贼匆匆逃走，但工头的马和银行被劫的两万美金失而复得……

清晨，牛仔们出发去追踪盗马贼

清晨，一群牛仔被临时组织起来，准备去追捕那个在夜里偷走了工头的马的家伙。大家普遍认为，那个窃贼就是斯科特·阿什顿（Scott Ashton），那家伙前一天还抢劫了品雍（Pinyon）银行，携带着赃款。这群追逐者每个人都是技艺高超的边疆开拓者，常常在马背上执法。

但是，他们所发现的踪迹表明，那个窃贼堪称隐藏踪迹的大师：他从一道畜栏门走出去，然后绕行到对面的畜栏门，在完全环绕畜栏之后，才朝着西边策马驰去。在最初的 1.6 公里，他与道路保持并行，然后才来到路上骑行了一小段路程，接着又再度走到道路外面的草丛中。

这条道路穿过一道峡谷，向西延伸了若干公里，在峡谷中前行根本无法离开道路。峡谷那边，在舌头岩石台地（Tongue Mesa）的顶上，道路分为三个岔道。由于在峡谷中发现了窃贼留下的踪迹，那么他显然一路驱驰，前往那片岩石台地，于是工头就指挥所有的手下一路策马，前往那个海拔高度的顶端。

乔治·摩尔（George Moore）稍稍落后于其他人，仔细追踪窃贼的踪迹，因此没有听到这个命令。那群牛仔一路扬起尘埃，沿道路行进了四百来米，突然听到两声枪响，赶忙转身返回。

"如果窃贼是斯科特·阿什顿，他带着从品雍银行抢劫来的两万美元，除非你们牢牢盯住他留下的踪迹，否则你们就绝对不会赶上他。"摩尔说道，"如果我们能追踪到他留下的踪迹，那么我们就很幸运了。这个家伙常常玩弄出一些新的踪迹来愚弄阿帕奇族印第安人（Apaches），从而逃脱对方的追踪。从这些踪迹来看，他已经朝我们这个方向返回来了。"

新墨西哥圣巴勃罗牧牛场上的人都知道，乔治·摩尔是团队中最佳牛仔之一，也是最佳的追踪者之一——一个踪迹侦探，这一点没有人怀疑。

一个优秀的追踪者，必须具备对人性的认识、清醒的想象、经验和特殊技能。为了看穿试图逃逸者的图谋，他必须具备这些条件。如果一个技巧娴熟的逃逸者开始得很恰当，那么他就很容易逃脱一群装备精良的追踪者的追捕，除非追踪者当中有人熟悉逃逸者的诡计，采用追踪策略，他们才能抓住逃逸者。狡猾的狐狸和大灰熊就非常精通隐藏踪迹，它们之所以能摆脱追踪，通常不是凭借速度，而是让追踪者糊涂、困惑——它们逃往一个方向，却愚弄追逐者认为它们走向了另一个方向。

这天早晨，当牛仔们早早离开去追逐窃贼的时候，摩尔还在兴致勃勃地进行不同寻常的准备。尽管工头并没有把他列入追踪队伍，他还是宣布自己或许也会前往追踪，而工头只是愉快但并无热情地说了声："好吧。"尽管如此，不到一个小时，工头和这群追踪者中的每个人都听命于摩尔了。

在摩尔惊人地宣布窃贼已经朝着他们折返回来之后，他就向同伴们指出，那个窃贼大约在牧场以西3.2公里处的一个岩石嶙峋之地折返，并骑马朝着牧场这边返回，不过他不是在道路上骑行，而是在草丛中前行，与道路保持着一定的距离。当大家向前驰骋，一路观察这条踪迹的时候，工头便命令摩尔全权负责这队人马。摩尔领命后，立即让三个人退出队伍返回牧场，只留下工头和一个牛仔。

为逃避追踪，盗马贼竟然换掉马蹄铁

他们沿着踪迹一路追击，发现那个窃贼骑马走过牧场，小跑着进入道路，朝东边继续行进了几个小时。这个家伙很聪明，知道怎样疾驰而又节省马的体力。偶尔，他让马迈着普通的步子行进，然后驰骋一小段路，但大部分时间都让马小跑着前行。当一匹马前行的时候，其四蹄就会向下压，因此马蹄会留下扁平、深度相

等的印痕。在小跑的时候，前蹄脚趾的那个部分在地面上陷得最深；在驰骋的时候，前蹄比后蹄在地面上冲击得要深；在奔跑的时候，四蹄就剧烈地冲击地面，留下一些深深的印痕，还导致尘土飞扬，或者四蹄可能会带出泥土，到处飞溅。

在大路上行进了大约 48 公里之后，那条踪迹在右边一个模糊的分叉上停止了。那匹马在草丛中向前驰骋了超过 800 米。摩尔打发两个同伴沿着大路前行，去查看那个窃贼是否在前面更远处又重新回到了大路上，与此同时，他本人则朝右面追踪那条踪迹。工头和那个牛仔沿着大路搜寻了 1.6 公里之后，没有发现任何踪迹，便返回摩尔这边。当他们走近的时候，发现摩尔手脚并用地趴在地上爬来爬去，在草丛覆盖的泥土中仔细地查看蛛丝马迹。

"那个家伙拔掉了马蹄铁，"他说道，"我正试图找出他往哪边走了，他没有朝这个方向行进，很可能回到了大路上，他还认为我们没有发现他拔掉了马蹄铁。"

为了从纷乱的踪迹中找到那匹马离开此地的线索，他们开始绕着圈检查起来。那个窃贼让他的马前前后后地到处行走，尽可能让那片地面上显现出交叉往来而纷乱的蹄印。一分钟之后，那个牛仔便大叫起来："我找到线索了！"在追踪模糊或陈旧的踪迹时，他是高明的追踪者，但在追踪被人为隐藏的踪迹时却缺乏经验，正如摩尔对那些踪迹的解读那样，那个窃贼施展的诡计让他颇感兴趣。

那匹没有马蹄铁的马留下的踪迹，呈对角线地越过一个生长着仙人掌的地段，在岔路口那边大约 3.2 公里处又重新回到了大路上。这几个追踪者一边追踪窃贼留下的踪迹，一边解读他的行为：在驰骋了若干公里之后，那个窃贼便放慢速度，还两度停下。

"他在策划什么？"工头说道，"很有可能的是，他大概想在某个他最可能隐藏踪迹的地方离开大路。在他到达这里的时候，天色肯定已经亮了起来。"

从那个窃贼最终停下的山丘上，他显然看见了道路南边两三公里处有一群正在放牧的马，于是他便朝着那群马驰骋而去，把其中一些马赶回到山丘边的道路上。那些马分散在各处，其中一些越过道路，来到道路北边，然后转身重新越过道路，回到南边。而那个窃贼就在众多纷乱的蹄印中到处骑行，以便让自己的踪迹变得纠缠不清、模糊难辨。

摩尔没有试图在这里发现踪迹，却跟同伴继续骑行到无数马蹄印的那边，仔细检查大路。但是，那个方向没有任何踪迹，于是三人又回到马群越过道路之处。在道路南边徒劳地搜寻了一阵之后，摩尔越过道路，跟北边的工头和牛仔碰面。当摩尔走近的时候，工头发现了踪迹，停下来调整自己的马鞍。摩尔向前骑行了一小段路，然后突然从马鞍上跳下来停住，看着一些印痕。他摘下阔边帽，挠了挠脑袋。

"这是什么？"牛仔叫了起来。

"一匹似乎长了翅膀的马留下的蹄印。"摩尔回答，"一匹有马蹄铁的马似乎降落到这里了，因为蹄印从这个地方开始。"

然后，他思考了片刻说道，"那个家伙停了下来，给他的马重新装上了一副马蹄铁——不是他此前拔掉的那副，而是另一副，而且他本人也换了双鞋子。看来，他的确是一个煞费苦心来折腾的天才！"

溪流附近，盗马贼布下迷魂阵

随着一阵愉快活泼的小跑，三个追踪者沿着踪迹一路向北行进，越过大约 6.4 公里的岩石台地。在这片岩石台地的边缘，群山在一座座孤丘那边陡峭而嶙峋地耸立而起。那个窃贼故意越过一座座孤丘之间遍布岩石的路段，这样就不会留下踪迹。然后，在一小段路程那边，他尝试采用了他自以为最聪明的计谋之一：越过一条布满岩石的溪流，那个地方如此崎岖不平，因此追踪者没能跟随他的踪迹前行，却在距离此处下面一点儿越过溪流。在另一边，三个追踪者发现自己置身于一个面积为两三公顷的杂草丛生的空间。在这里，他们发现了两匹马漫游的踪迹，那两匹马显然在吃草。

"难道这个家伙有后援不成？"那个牛仔问道。

工头转向左边，仔细检查这个杂草丛生之地更远的一边，看看那个方向是否有单独一行踪迹显露出来，结果却一无所获。摩尔从马鞍上跳下来，把缰绳扔在马头上，让马尽情吃草，同时他自己却仔细检查第一行踪迹，然后再检查另一行。他穿过这个杂草丛生的空间追踪这些踪迹，在较远处，足迹离开这个杂草丛生的空间右转，越过了溪流。

摩尔顺着溪流朝下游搜寻，来到那个窃贼越过溪流进入杂草丛生的空间之处。他在那里伫立了一会儿，然后就顺着溪流追踪起来，回到了那两匹吃草的马越过溪流的地方。他顺着这些踪迹追踪了一小段路程，上行到山坡，然后又回到踪迹越过溪流之处。他朝着上游探索的时候，工头和牛仔一起走了过来。在距离两条踪迹越过溪流之处一小段路程，摩尔停了下来，摘下阔边帽。牛仔和工头渴望知道他有什么新发现，便牵着摩尔的马和自己的坐骑朝他走过来。

"这样的追踪非我力所能及，"牛仔说道，"在大多数踪迹消失的时候，我能顺利追踪，却无法在踪迹太多的地方进行追踪。"

当他们走近的时候，摩尔正站在一片茂密的橡树幼苗丛中。"这让我推测了好一会儿，"他说道，"但没有踪迹。那个窃贼显然正在赶往洛斯特盆地（Lost Basin）。"

"但这是一条下山的踪迹啊。"牛仔说道。

"是的，"摩尔赞成他的说法，"这些踪迹的确是在下山，但真正的踪迹却是通往山上。你仔细看看，就会明白那个家伙让他的马从溪流中倒退出来，倒退着走入这些灌木丛中，在灌木丛中，他又回转。灌木丛另一边的踪迹就通往山上。"

"所有发表过的情节动人的小说和疯狂的侦探故事，都不及眼下的状况。"牛仔说道。

"但其他那些踪迹又是怎么回事呢？"工头急切地问道。

"我马上就给你说明，"摩尔说道，"首先，看看那匹马倒退着行走的地方吧。那匹马刮起了泥土，将沙砾抛向它所行走的那个方向。它短小的步伐表明它走得很慢。要是它走得很慢，而且走向溪流，那么它就不会用蹄子刮起泥土，也不会把沙砾散落在四周。在它放下蹄子的地点，前面和后面的草丛都会倾斜。如果它仅仅是从山上下来，那么这种情况就不会发生。当一匹马穿过草丛，除非草丛的高度超过了马的身高的一半，草丛才会在每个蹄印后面翘起和向后倾斜。让一个人穿过同样的草丛，草丛会被推动，并微微向前倾斜。

　　"那个家伙在越过溪流进入杂草丛生的空间之后，就呈 Z 字形穿过草丛，仿佛在让他的马吃草，然后就走了过来，再度越过溪流。他骑马朝山丘上走出一小段路程，就转身下来了，在他初次越过溪流而进入杂草丛生的空间之处重新越过溪流。那匹马再度呈 Z 字形穿过草丛，重新越过溪流，走上山丘，这一次的踪迹靠近最初的踪迹，这就让人看起来仿佛是有两匹吃草的马从草丛中走出来，一起离开了。他在那匹马最初越过溪流的地方第三次回到溪流，但这一次他没有越过溪流。为了隐藏踪迹，他在水中沿着溪流上行，最终如你们知道的那样，让他的马倒退着行走。"

　　"他真是非常努力完成了一件很聪明的事情啊。"工头说道。

　　"是的，"摩尔说道，"但是，干这件事情让他耗费的时间比我们解开他的踪迹的时间要多。现在，我们必须逮住他，他就在前面不远处，他不可能骑马前行到远于洛斯特盆地的地方，因为那里遍布岩石而又陡峭。或许他打算在那个盆地中露营几天，等到风声过后再出来。他把自己的踪迹隐藏得如此之好，因此他绝不会料到我们能追踪到那个杂草丛生的空间那边，或许他还以为我们追不到这么远。一旦他到达盆地，就肯定会爬到一块岩石上面，居高临下地俯瞰，看看警报是不是解除了。他熟悉这片乡野，但我熟悉斯科特·阿什顿的行为方式。这无疑是他的踪迹，但我猜想这条踪迹不会延伸得更远。"

追回马和现金，狡猾的盗马贼却逃脱了

就在此时，窃贼阿什顿坐在一道300多米高的悬崖顶上，观察下面那个杂草丛生的空间里面的追踪者，看着他们充满困惑，他感到很开心。尽管他看不见他们站着交谈的地方，但他把自己的踪迹掩盖得如此彻底，因此他根本不担心对方会一路追踪过来。

不久之后，摩尔就对工头和牛仔说道："你们两个骑马越过这片开阔地回去，在那些孤丘后面暂时不要现身，然后前行，再次彻底搜寻这个区域。不要着急，你们有足够的时间，可以从从容容地搜寻。"

其实，阿什顿刚一抵达洛斯特盆地，他就从马背上卸掉了马鞍和塞得鼓鼓胀胀的鞍囊，把那匹疲惫不堪、饥饿难耐的小型马拴在草丛中，让它自个儿吃草。然后，他就爬到那道悬崖的顶上，打探周边的动静。他计划在这个隐蔽之处驻扎一两天后就回到路

上，再前往自己想去的地方。他热切地观察着下面不远处的工头和牛仔，得意扬扬地看着他们困惑不已、到处搜寻的样子。

就在此时，摩尔沿着窃贼的踪迹悄悄爬过来。然而，就在他快要接近对方的时候，一件令人意想不到的事情发生了：就在摩尔出现的那一瞬，那匹拴着的小马突然发出一声嘶鸣来迎接他。

对于斯科特·阿什顿这样诡计多端的人，这声嘶鸣足以说明意味着什么，于是他拔腿开溜，匆忙爬下悬崖的另一边。摩尔预料到了他的这一步行动，便迅速绕过悬崖，试图去拦截他。但可惜的是，狡猾的阿什顿还是抢先一步，从树林中和峭壁那边逃之夭夭了。

对于摩尔，在如此崎岖不平的地区追击一个谙熟野外知识的人，无异于自杀。于是他回到那匹马的身边，找到了塞在鞍囊中的两万美元。然后，他开了两枪提醒工头和牛仔，就慢慢地牵着马走下陡峭的山坡，去跟工头和牛仔会合。

第 9 章　快乐逍遥的黑熊

The Happy-Go-Lucky Black Bear

黑熊的诨名"林中快乐的小无赖"，充分展现了这种动物的特性：男孩子一般喜欢嬉戏和搞恶作剧。黑熊是快乐的流浪者，喜欢自娱自乐玩松果；喜欢虚张声势，假装威胁公羊，却不料被公羊的头角狠狠撞击了屁股，它还猛然冲向树桩，左右击打，希望将对方吓倒……一只黑熊幼崽在荒野中独自漫游，一路上欢乐不断：击打雪球，俯着身子滑雪，跟柳树嬉戏，捕捉囊地鼠……黄石公园的一位女士赢得了熊的友谊，跟当地的熊建立了友好的关系，被戏称为"驯熊人"……黑熊不仅是爬树能手，也是游泳健将，体色多为棕色或肉桂色，有时跟大灰熊难以区别……

黑熊，"林中快乐的小无赖"

一个起风的秋日，我坐在山上的一片森林中，观察一枚枚松果落下来，越过一片陡峭的青草丛生的开阔地而弹跳、滚动。一只黑熊开始越过那片开阔地，而就在此时，一枚松果落在附近，在它面前轻轻地、高高地跳起，它见状，便跳起来去抓那枚松果，用左前爪击打。很快，另外两枚松果也掉落下来，只见它闪电般左冲右突，追逐那两枚松果。接着三四枚松果一起落下来，此时它静立着，目光一次追随一枚松果，观察滚得最远的那枚松果。一枚松果着地后弹跳起来，落在它背上的皮毛中，只见它懒洋洋地扭头看了看，更懒洋洋地蜷曲着身子，试图把脑袋伸过去用牙齿咬住它。接着，它绕着圈子跑了三四次，停下来看着那枚松果，然后又再次绕圈。它翻身滚动，咬住那枚松果，将其扔掉，又将其咬住，转身看着那些正在掉落的松果，然后就继续前行，一脸茫然地走进树林。

印第安人给很多动物取过名字，他们都抓住了那种动物的特性。但是，印第安人给黑熊所取的名字，却不如一个白种猎人给黑熊所取的名字——"林中快乐的小无赖"。很多年来，数不胜数的虚假故事把黑熊说成是凶猛的动物，还把人们追上树云云，其实这些都不是真实的。由于如此展示黑熊的活力，给这种动物带来太多的麻烦甚至杀身之祸，事实上，它的危险程度还不如带着幼雏的老母鸡和所谓温顺的牛。

美国黑熊是快乐的流浪者，毫无邪恶的意图，拥有展现在哈克贝利·费恩[1]（Huckleberry Finn）身上那种无拘无束的漠然，具有男孩子身上多种懒散、喜欢恶作剧的特性。相比任何其他黑熊故事，那出嬉戏、欢闹的滑稽剧《阿肯色熊》[2]（*The Arkansaw Bear*）就很精彩，把这种具有典型美国特征的动物的真实性格展现得淋漓尽致。

我曾经看见一只小黑熊来到林间空地，它显然很孤单，不知道自己要去干什么——它准备好了嬉戏，却又没有任何可以与之嬉戏的人

---

①美国著名作家马克·吐温名作《哈克贝利·费恩历险记》中的主人公，
　　这里泛指顽童。
②美国作家阿尔伯特·佩恩（1861-1937）的儿童文学作品，讲的是一
　　个唱歌的男孩和一只拉大提琴的熊四处流浪的故事。

和物。就在此时，一只浑身长满刺的豪猪蹒跚而来，那只小黑熊便紧随其后，努力试图跟它嬉戏，但那只豪猪很迟钝，露出一副冷漠的样子，根本不理睬对方的热情，径直走进树林去了。那只黑熊的热情受挫，便像狗一样蹲坐下来，四处观察，期待有什么东西出现。

一天，我用望远镜观察众多山地野绵羊的活动，不料一只黑熊从附近的树林中走出来，一路曳行着走向那群羊，显然在沿着一条野生动物小径前行，而那群羊则正好站在小径上，挡住了它的去路。不过，那些羊对黑熊的出现并没有流露出兴趣，而黑熊对野绵羊的存在也毫不在乎。当那只黑熊经过一只站在小径边的公羊时，它没有发出任何警告，便装出一副虚张声势、十分可怕的样子，一下子就朝那只公羊冲了过去。不过，它只是在玩恶作剧而已，并故意没有扑到那只公羊身上，但这一行动却惹恼了公羊，它不依不饶，立即转身用头角猛然撞击黑熊，黑熊朝侧边宽宽地横跨出一步，躲开公羊正面袭击的力量，但屁股却被狠狠地撞击了一下。随后，那只黑熊也不反击，只是不紧不慢，甚至没有回头看一眼，继续曳行。来到九米开外的地方，它又猛然冲向一根树桩，左右击打，仿佛它希望那根树桩被自己彻底吓倒。然后，它没回头看一眼就继续向前走了。这只黑熊始终在虚张声势，但即便是虚张声势，也是一种滑稽可笑的失败，一秒钟之后，它又会满怀热情，再次尝试它那种特有的虚张声势。

黑熊幼崽漫游荒野的欢乐时光

在追踪黑熊的过程中，我度过了欢乐的时光。有一天早晨，在一场大雪之后，天空刚刚晴朗起来，我就出发前往一个河狸聚居地。在距离我的小木屋400来米的地方，我偶然遇到了一只显然是1岁的黑熊幼崽留下的踪迹。在湿漉漉的新雪上，那些踪迹留下了几乎完美的熊爪模型，就像人类的赤脚。那些踪迹很新，是在飘雪停下之后半小时内留下的。那样的踪迹太美好，因此我肯定不会错过，而且由于距离那只黑熊幼崽如此之近，我就追踪了起来，它可能也正在前往那个河狸聚居地。在继续行进之前，我还眺望前面，希望能看见它的身影。

一边向前追踪，一边查看那只幼熊的踪迹，它的踪迹表明它看见了一个雪球从附近的山坡上滚下来，转向了一边。而分散在一个陡峭之处的斑斑落雪表明，它肯定看见了那个雪球滚下来，而且在雪球滚落之际还伸出爪子对其击打。

就在较远处，它显然决定顺着山坡滑雪。它攀登了几步，来到一个陡峭之处的顶上。大灰熊滑雪的时候，通常会在积雪中坐下来，用一只前爪推动身子前行。但这只黑熊幼崽却采取了截然不同的方式——它把身子俯卧在积雪中，肚腹朝下，一路滑下去。

又前行了一阵，它停下来跟一棵柳树嬉戏。这棵柳树被积雪压得弯了下来，那只幼熊在经过之际震落了树上的积雪，柳树枝条才抬起了头，那只幼熊看见柳树在动，满心欢喜，便停下来跟它嬉戏，对其两三次掌击，然后绕着转圈，仿佛在观察它，或者期盼它跳起来。但柳树并没有跳起来，而在那只幼熊动身前行的时候，它自己倒是跳跃了一下。

它的踪迹表明，它突然远远地跳跃到一丛柳树后面，在那里四下窥视，它用后腿伫立，先是朝一边窥视，接着又朝另一边窥视，似乎有些惊魂不定。究竟是什么东西惊吓了它？我朝着它跳到柳树丛后面时所行走的那个方向前行，看见了一只丛林狼在枯死的松树间跳跃、追逐野兔时留下的痕迹，肯定是其跳跃、追逐时所发出的声响，惊动了那只幼熊，吓得它躲藏起来，直到探明发生了什么，它才从隐身处走出来。

那只幼熊也走过去，试图查明究竟发生了什么。但是，它几乎绕着那个危险点行走了好一阵，才朝那里走过去。那只野兔逃脱了丛林狼的追捕，幼熊也沿着痕迹追踪，在两三个地方把鼻子贴在痕迹上嗅闻。就在它嗅闻之际，一只囊地鼠（gopher）在积雪下面移动，吸引了它的注意，它迈着短小的步子慢慢走动，直到靠近才伸出左前爪猛然击打，就像一个在追逐蚱蜢的人。雪地上留下的几滴血表明，它成功地捕获了猎物。

"驯熊人"与熊建立亲密关系

不久，那只黑熊幼崽便走向池塘中的河狸房子，爬到屋顶上，在这里，它抓扒了好几次，然后就像狗一样蹲坐下来。接着，它把鼻子紧贴在屋顶的积雪中，我猜想它在探查来自河狸房子里面的气味信息。当我站在屋顶上，我能看见别的动物留下的踪迹，那些踪迹通向大约 15 米开外的一片松树丛。松树后面，一只丛林狼隐蔽起来，我猜它在观察那只幼熊的行动。那只丛林狼只有三条腿，好一阵子之前，它不幸失去了一只脚，因为在一些地方，它那只残废的脚触及地面，在雪地上留下的印痕，表明它那只残废的脚已经愈合了。

那只幼熊离开河狸房子的屋顶，走进河狸堤坝下面一个柳树丛生的地方。没有从柳树林中出来的踪迹。我凝神谛听，却没有听见任何动静。那只幼熊很可能在柳树丛中静静地伫立着，想打探我接下来会朝哪个方向前行。正当我站在那里，很多从柳树上面飞过的喜鹊（magpie）突然转身、歇落，它们前倾身子，在观察什么，我想它们可能在观察那只幼熊，它也很可能在静悄悄地挖掘耗子。我把一块石头扔进去，树丛中立即响起一阵飞奔的声音，接着是一排柳树左右摇晃，树上的积雪撒落下来。不久，那只幼熊便从山坡上飞奔而出，它停下来看了一眼，接着就闯进了一片茂密的松树丛。此时我动身回家，打算第二天早晨再来回溯那只幼熊的踪迹，从积雪中查明前一天它在哪里过夜。

跟我所熟悉的其他动物相比，黑熊具备了更像男孩子一般的特征。像男孩子一样，它具有显著的可能性。不幸的是，大多数跟人类接触的熊都因为人类的责备和逗弄而给毁了，但我知道也有一些黑熊宠物受到了善待，因此它们的回应也很高贵，展现出机警、善良和忠诚。

若干年前，在黄石国家公园（Yellowstone National Park）的湖泊旅馆（Lake Hotel），客人们就给乔治·弗里德里克·迪尔夫人（Mrs. George Frederick Diehl）取了个绰号——"驯熊人"，因为她与熊建立了亲密的关系。她始终如一地平静、温和，不仅一点儿不怕熊，还格外喜欢它们。这种结合关系赢得了熊的友谊，其中一头熊对她喜爱有加，热切地跟着她到处走动，紧追不舍，显现出像狗那样的信任和忠诚。只要她一出现，那个地区所有的熊都会展现出最佳的举止来迎接她。

在黑熊以前的大多数领地上，它都不见了踪影，但在大多数地区，由于它是捕鼠能手，在生物学领域中具有一定的经济地位，因此很多个州的野生动物保护者正在促成对黑熊实行禁猎期，以免这种动物完全灭绝。

美洲黑熊（Ursus americanus），最初出现在北美的大部分地区。这种动物显示出轻微的变种，但在各处，它的特征在本质上都相同。我认为，它在各处都是技巧娴熟的爬树者，如此频繁地使用树，因此它堪称栖在树上的四足动物。然而，它又是游泳健将。它会吃掉任何可食之物，当然除了人肉，尽管它很喜欢蜂蜜，但实际上很多黑熊可能还不知道蜂蜜是什么味道就死了。至于体色，在很多地区，大多数黑熊为棕色或肉桂色，但从颜色测试来判断，恐怕只有专家才能辨别出黑熊和大灰熊之间的差异。

第 10 章　柯利犬沙漠流浪记

A Collie in the Desert

一只血统纯正的柯利犬，自幼被人遗弃在亚利桑那的一个村子，从此开始了流浪生涯，但它本能地隐约地意识到自己有放牧的职责。流浪中，面对当地凶恶的墨西哥杂种狗，它毫不畏惧，用高傲征服了那些"地头蛇"。期间，它也被人收留，但阴差阳错，它又不得不重新前往沙漠流浪。它深入荒野，迅速适应了沙漠严苛的自然环境，还跟一大群荒原狼为伴，成为荒原狼群的首领，其种种经历成为人们茶余饭后的谈资。它一度回到了村子，但很快就因为感到不安而重返荒野。但是，每当它遇到牛羊，它都本能地想予以保护。在种种磨难之后，它最终机缘巧合地回到了最初的主人身边。

一只幼小的柯利犬惨遭遗弃

"杰克，太糟糕了，但没人想要你呀，我也没法儿照顾你。"快递员一边说，一边把一只毛发蓬松的棕色小狗从柳条箱里倒在大街上。

杰克坐了一会儿。这只血统纯正的柯利犬没有什么事情可干，没有人对它发出命令。在被人买下，装进柳条箱并运送到亚利桑那的这个村子之前，杰克从来没有离开过自己的小窝。在一个陌生的地方，它是陌生者，两只皮毛被虫蛀食得很厉害的墨西哥狗出现了，对它凶猛地咆哮，还有一个路过的男孩向它投掷空罐头，它躲闪了一下，便奔向一头驴，而那头驴则追逐它，想踢踹它，践踏它。

我朝柳条箱上的地址扫了一眼，便问那个快递员："乔治·罗杰斯是谁？"

"乔治·罗杰斯被家人打发到西部来养病和改善礼貌。但他并没有改善礼貌——他的母亲寄来一只柯利小狗，他竟然拒绝从快递收发处取走。我已经照顾了这只小狗杰克几个星期，希望把它送人，但由于没有人想要它，我也不能继续养着它，它就不得不自行谋生、自生自灭了。"快递员说道。

如果杰克遗传了柯利犬对羊群的记忆，或者继承了其祖先与人类友好而亲密的关系，那么生活在这片乡间肯定就很奇怪，给予它重重一击。也许，当它眺望亚利桑那的风景——森林、山峦、绿色山谷、一片片辽阔沙漠的沙子、独特的仙人掌和寂寞、沙尘弥漫的远方，它也有对于苏格兰高地上那种朦胧的气候的记忆。

好几天，这只柯利犬都只能吃到残羹剩饭，而这样的食物是墨西哥狗所拒绝和不屑一顾的。最终，它弄清楚了那些可能找到少许食物的地方，有时候凭借机警的行动来填饱肚子。不过，它很快就弄清楚了墨西哥狗、驴子和人们的行为方式。因此，只有在它需要觅食的时候，它才会靠近相关的建筑物。

日日夜夜，它都独来独往。它从来不会环绕那些豢养着墨西哥狗的土坯房。白天，它通常都会躺在某个地方，从那里可以俯视下面狭窄、拥挤、喧嚣的街道，直至目光远及道路延伸进较远的树林之处，才把眼睛挪开。

两年以后，我在这个亚利桑那村子的外围偶然遇到了杰克，当时它正躺着观察附近的一大群山羊。它准备好了看管这群羊，保卫它们或者驱赶它们。它似乎认为自己应该做点儿什么，却又不知道究竟要做什么，也没有人来告诉它怎么做。

我久久地坐着观察它。它仅仅向我扫了一眼，告诉我它知道我的存在，便再也没有注意我了。那些山羊走到更靠近我的地方，在杰克起身跟随它们而来的时候，我便对它说话，而它也凑了过来，靠近我躺下，眺望遥远的地平线。不久，它就靠得更近，最后站在我的身边，允许我抚摸它。它流露出一丝满足的表情，除此之外，它就再也没有任何回应了。

这只柯利犬没有主人，始终没有家，也似乎不再想念家，但是，它因为无事可干而迷失了自己。在它的整个生活中，它似乎始终都在寻找一群羊和一个主人来指导它去放牧。人们常常看见它接近一头落单的牛或一只迷途的猪，仿佛心中有明确的目标，但是它所做的事情，从来都只是躺在附近观察它们。它被强行带到这样一个不幸的环境中，没有主人，没有任何工作或责任，也没有任何训练，就这样长大了。它从来没有机会展现自己能做很多事情，但也许，它的境况又要好于村里的其他狗，因为它更机警、更勇敢。尽管一只普通的杂种狗不会认真地想念主人，但杰克却不同——因为一代代柯利犬的进化和它们跟自己身后的人类的亲密关系，它需要指导，它没有主人而孤独地生活在一个孤独的世界中。

杰克征服一大群墨西哥杂种狗

有一天，村里的一些流浪汉试图把杰克引到墨西哥人居住区，希望引诱它走完这条狭窄而喧闹的街道。这些家伙用心险恶，只不过想看看那些墨西哥狗会怎样撕碎它。在两排蹲伏、古老、肮脏的土坯房之间，这条街一路向前延展，街上，那些不断吠叫、咆哮的杂种狗泛滥成灾。当陌生人冒险只身进入这个区域，在墨西哥狗喧闹着跑来跑去、群起而攻之的环境中，如果他没被咬伤腿和撕破裤子而逃脱，那就算幸运的了。在这里，任何一只迷途而漫游的狗，无不受到这群恶棍似的墨西哥狗的攻击，而这些杂种狗散落在街上，街头巷尾无处不有。

然而，杰克摆出一副骄傲、专横的姿态，怀着优越感走完了这条街。它丝毫没有遇到麻烦或受到胁迫，而它也没有对任何事情流露出特别的兴趣。它仅仅扫了一眼，就驱散了那群野蛮的杂种狗，它的神态中流露出对世界上所有杂种狗的轻蔑。很快，那些杂种狗的吠叫就停了下来，它们耷拉着脑袋，夹着尾巴，其中很多都偷偷让开了道路。它们感到杰克知道它们都是杂种狗，杰克比它们要高级、优越，还知道它们都感到了这一点。后来，无论杰克什么时候光临墨西哥人的生活区，那些杂种狗都会对它鞍前马后、溜须拍马地讨好它，而杰克毫不理睬。这种举止，可能暗示了它根本就不知道它们的存在。

村子里似乎没有人友好地靠近它。有人告诉我说，杰克留在肮脏的道路上的踪迹，频频透露出它在夜里漫游一番就离开了。人们还知道，它常常离开村子，漫游到二三十公里之外的地方。

在度过了这种冷漠的生活两年多之后，有人看见杰克离开了村子，仿佛它知道自己要去哪里。显然，它不得不活跃起来，或许它既需要来自人类的友谊，也需要来自野兽的友谊，因此，它时常会前往荒野好几个星期。在这个亚利桑那村子中，它成了大家唯一注意并讨论其消失的柯利犬。但没有人去寻找它。

它在荒野中度过了大部分时光，偶尔也回到村子，或长或短地待上一阵。有一次回来的时候，它引起了一个妇女的注意，那位女士最近才来到亚利桑那，在距离村子大约1.6公里的山坡上修建了一座房子。一天晚上，她在天黑时只身回家，发现杰克尾随她而来，这让她兴奋不已，于是便对它说话。它乐于表现出友善，但拒绝受到宠物一般的对待，它紧随其后保护她，直到一个男人出现在前面的小径上，它才走在前面领头。当那个妇女的丈夫和他们相遇，杰克停顿了片刻，仿佛在向自己保证那位女士得到了充分保护，才沿着小径一路小跑回去。

第二天，这位赫尔姆太太找到了杰克。杰克很激动，很高兴她注意到了自己，毫不费力地便被说服跟她回家。它受到了各种关注和善待，但它在这里的生活并不符合它的本能，它始终不那么习惯被人饲养着，而且每一次都流露出惊讶的神情。它继承了为人类服务的愿望，但在这里，它却被人服侍，受到了如同玩具犬一般的对待，没有机会去干任何事情，虽然它能干某种大事。

杰克只跟赫尔姆太太待了很短一段时间，她就带着它搬到了另一个镇子。但在几个星期之后，东部有人给赫尔姆太太打来电话，她就匆匆离开了。临走之前，她还专门为杰克安排了生活，但不幸的是，在赫尔姆太太回来之前，那个负责照顾杰克的妇女突然离世了，这就使得杰克再次无家可归，只得四处漂泊。

杰克深入荒野，成为荒原狼的首领

在远离镇子好几公里的地方，在距离我两三年后看见杰克的那个地区超过 160 公里的地方，有人看见它跟荒原狼在一起。它显然开始了跟荒原狼为伴的生涯。它无论走到哪里，荒原狼似乎都把它当作首领，承认它在智力和身体上的优越性，敬畏它，又钦佩地景仰它。毫无疑问，它对那些荒原狼宣示了权威，而荒原狼则可能因为它那作为主人的身份而崇敬它。除此之外，很少有人知道它跟荒原狼待在一起的生活细节。

对于生活在沙漠边境上的各种动物，沙漠严酷的环境使得其具有种种不同寻常的行为。在漫长的生活中，在严苛的环境中，沙漠荒原狼变得像狐狸一样聪明、狡黠，就像它所生活在这个地区的仙人掌和鼠尾草（sage）一样持久而成功。它接受倾盆大雨和致命的沙尘暴，在一个空旷的帝国到处漫游，知道自己的资源，也知道这个帝国所提供的几个水源。大多数时候，沙漠极度干燥，水坑和泉水相隔甚远。不仅如此，在很多地方，那唯一的水源又充满盐碱味，而且过于频繁地遭到污染，遭到那些死在水里或水边的蛇、兔子或其他动物的尸体的污染。

很多沙漠动物由于长期置身沙漠，从而进化出了没有水而长时间生存的能力。比如，沙漠羚羊和绵羊可以一个星期都不饮水；骆驼还有一两种其他动物身体内很可能拥有特殊的"水库"，可以蓄水。但大多数沙漠动物没有这种特殊器官。然而，它们只需要一点点水就可以生活下去，而使得它们能够以极少的水生存下去的方式之一，也许就是它们不流汗——这是一种节约资源的方式，因为很多流汗的动物每天都会流失一加仑以上的水分。

面对这样的环境，杰克具有调整自己迅速适应的能力，从而在这样的环境中成功地生存了下来。对它的极端考验，肯定是要经受沙尘和缺水。它可能也发现了让自己在沙漠中维持生活极为难受，因为沙漠荒原狼的食物是由鸟类、蛇类、角蟾（horned toad）构成的，偶尔也会品尝羚羊或山地野绵羊、精选的仙人掌碎片和所有沙漠植物。

杰克经历了麻烦不断的童年之后，可能对沙漠荒原狼的自由生活感到很惬意。荒原狼通常终身为伴，一般来说，它们会成双成对在荒野中闲逛。但是，或许为了娱乐，或许是因为有必要，它们偶尔也会聚集在一起，通常在一个首领的命令之下成群结队地活动。无论如何，杰克都适应了沙漠的严苛要求，在一群荒原狼中赢得了最高声望，成了它们的首领。当然，它赢得这样的地位纯粹是靠自己的性格魅力。

或许是杰克对自己的荒野生活不太满意，要不就是它模糊地意识到了自己可以找到一个主人和一群羊，它又回到了村子。但是，村里的情况让它感到不安，因此在逗留了几天之后，它又漫游而去，把命运托付给了荒原狼的世界。

本能召唤杰克去保护牛犊

一两年之后，我又来到了亚利桑那，研究当地的植物和地质概况。就在此时，我在大峡谷（Grand Canon）附近偶然遇到了杰克。我当时猜想有两只荒原狼越过沙漠，就在我前面不远处越过了小径。然而，当它们飞快地跑开的时候，其中一只的步法缺乏荒原狼运动中那种灵巧而轻盈的特性。更有甚者，它的尾巴扬得太高，而且过分卷曲，跟荒原狼尾巴的活动方式相去甚远，因此我断定，那不是荒原狼，肯定是杰克——那只柯利犬。

杰克重返沙漠之后，一直跟荒原狼待在一起，过起了野狗的生活。我当时还看见，当杰克和它的荒原狼伙伴就要离开的时候，另一只荒原狼也加入了它们的行列，这个后来者多次摇尾乞怜、点头哈腰，想跟杰克嬉戏，然而，这个身材硕大、具有贵族气质的伙伴十分冷漠，对后来者不屑一顾。我最后看到这对伴侣，是在沉闷的沙漠边缘，那只沙漠柯利犬跟它的荒原狼伙伴站在一起，靠近一棵孤独的树仙人掌（tree cactus）。

那一夜，空气清新得非常奇妙。群星闪烁，缀满亚利桑那令人惊奇的天空的深处。我跟一个牛仔坐在他的营火旁边，聆听荒原狼此起彼伏的叫声，那些声音各不相同：一些荒原狼在发出信号，偶尔，在这些沙漠口技表演者当中，有一个成员进行了各种各样的努力之后，接踵而来的是那些聆听的荒原狼所发出的欢乐的嘲笑。有两三次，一只孤独而发号施令的柯利犬的叫声盖过了这场合唱中的所有声音，让这个夜晚沉寂下来，聆听它的声音。那个牛仔告诉我，杰克大多数时间都跟这个地区的荒原狼生活在一起。这样的情况已经持续多年了，他还声称自己看到过这只狗好奇、落落寡合的生活场景，十分有趣。

有一天，那个牛仔环绕一个散落的畜群，偶然遇到了五六头落单的牛犊，这些牛犊跟大畜群分开了。就在此时，杰克和一只荒原狼一路走来，它们没有看见牛仔。这只柯利犬看见这几头牛犊，便停了下来，围绕着它们而行走，从它的态度来看，仿佛对牛犊很感兴趣。那只荒原狼看了看杰克，显然感到很困惑，而杰克自己也感到很困惑。它的本能很可能在召唤它去履行自己的职责，然而这种职责究竟是什么，它并不清楚。我判断，它的心理过程应该是这样的："这里有迷途的牛犊。对于我，似乎应该对它们做些什么，但我究竟应该做什么、怎么做呢？"显然，它困惑了，最后躺了下来，久久地观察那些牛犊。最终，它还是悄悄溜走了，仿佛意识到了自己对一种托付显得不忠，或者意识到了自己在逃避职责。好几次，它都回头张望，好像始终因为自己离开那些牛犊而羞愧，也因为自己不完全想回去保护它们而羞愧。

经历种种磨难，最终回到主人身边

有一次，杰克和一只荒原狼偶然遇到了一个牧羊人。杰克一看见羊群和牧羊人便激动起来。它观察了羊群和牧羊人好几秒，就急切地朝着它们跑了过去。就在此时，那只荒原狼则偷偷摸摸地靠近羊群，使得那个牧羊人以为这是狡猾的荒原狼施展的声东击西的诡计，目的是要惊跑羊群，便朝着杰克开枪。杰克见状，静静地伫立了片刻，困惑不已，我猜想它很泄气，然后它就撤退了。那个惊讶的牧羊人目送它渐渐远去的身影，也感到很困惑，最终推断出这就是人们常常说起的那只沙漠柯利犬。

那个牧羊人好几次看见杰克靠近自己的羊群。第一次，杰克正在观察一场海市蜃楼形成的幻境，而那幻境显然是类似牛群一样移动的物体。杰克全神贯注地看着那些物体幻象，并没有注意到牧羊人接近。当杰克走过来，在一段距离开外观察羊群的时候，那个牧羊人一度看见它注意到了自己。

显然，杰克一直在寻找一个主人，或者在寻找一群羊。人们不时看到它的身影，或者听到有关它的传闻。黄昏时分，一只柯利犬的嚎叫声不时激荡在沙漠上空，在很多钦佩它的荒原狼中间，杰克再次成为王者。

对于杰克作为荒原狼之王的那些未知的历险经历，我常常都想知道。当我与一个探矿人牵着驴在夜色中走向下一个水坑的时候，在辽阔、神秘的沙漠上空，一种兼具柯利犬和荒原狼声音的奇怪叫声激荡开来。不久，早晨把红色匆匆涂抹在东方，在沙漠那紫铜色、阴沉的天空中闪现出彩色的光亮。那叫声不断传来，既不是吠叫，也不是嗥叫，暗示着兼具这两种叫声的音质。在我们前面，一只柯利犬伫立在低矮的孤丘上，把尖尖的鼻子指向那明亮起来的天空。

当曾经饲养过杰克一阵的赫尔姆太太回到西部，她就再也找不到杰克的踪影了。于是，她重金悬赏，号召人们去寻找杰克，尽管如此，人们还是无法确定那只狗的具体下落。她来到她最初遇见杰克的那个村子，她听到了诸多关于杰克的故事，比如它的不安，特别渴望去干明确的工作，对牛群的兴趣，尤其是它对一个很遥远的牧场的羊群不断表现出来的注意和兴趣。而就在她离开她在另一个城市的家的时候，杰克也出现在她的家门前，等她回来。

她与杰克重逢之后，就匆匆带着它前往一个羊群放牧场去住了几天。杰克很享受那里的工作和生活。它显然很愉快：它第一次去做明确的事情，迅速学会了如何完成自己的工作。面对此情此景，赫尔姆太太当场决定为杰克买下这个羊群放牧场。

而这个牧场的主人，就是赫尔姆太太当初居住过的那个村子里的快递员。于是，她便派人把他找来。

当赫尔姆太太和快递员伫立着观察远处的杰克，快递员才告诉赫尔姆太太，在杰克的幼年生活中，他本人扮演过不幸的角色。赫尔姆太太这才如梦初醒，原来，杰克就是当年自己寄给远在西部养病的儿子的那只柯利幼犬！

第 11 章　牛仔驯马记

A Wild Thoroughbred

美国西南部的荒野中，活跃着成千上万匹野马，这些野马不仅继承了祖先优良的品质，还在严酷的环境中锻炼出了十足的耐力和机警，能力远超人类饲养的马，因此成为人类追捕、驯服的对象。其中一匹叫"黑钻石"的野马屡屡逃脱围捕，但最终还是落入人类设下的圈套。但它烈性十足，桀骜不驯，让巴杰牧场上所有试图驯服它的人都吃尽了苦头，牛仔们对它无可奈何，甚至谈"马"色变。一个毫不起眼的牛仔来到牧场求职，其笨拙的语言和行动方式屡屡遭致众人的嘲笑，牛仔们甚至密谋让他去驯服"黑钻石"。而新来的牛仔则不慌不忙，婉拒了众人的帮助，只拿着一圈绳索，独自走向那匹烈马……

牛仔们以残忍的方式来驯服野马

在巴杰牧场上，没有人会在"弓背摔骑手节"要求获得驯服那匹野马"黑钻石"的荣誉，因为早在前一天就宣布了半年一度的围捕。要驯服的马早就被分配给牛仔们驯服，还做好了围捕的准备。

现在是正午。这天上午，牧场上充满了驯服野马的刺激氛围。很多野马非常顽固，浑身充满搏击精神与活力，它们渴望报复以往被人类捕获的宿怨，无论在哪方面都会跟骑手较量一番。这些野马因为骑手的残忍而变得冷酷，因为获得的经验而变得聪明，因此下定决心不被人骑乘。从表面来看，它们不可征服。

三个牛仔接连从马背上被抛了下来，当他们聚集在牧场房子外面等着吃晚饭的时候，他们中间爆发出一阵活跃的玩笑、逗趣和俏皮话。

当一个身材高大、大步流星的人懒洋洋地靠近这群牛仔，他们就抑制住了窃笑。对于他们来说，这个人拥有的那种高傲、充满自信的神态显露出他是个新手。除此之外，他那特别高大、摇摆的身形就像漫画或小丑的外貌影响了他们。但除去外貌，在牛仔出没之地，他那"步行"到达的方式最容易遭致奚落和嘲笑。

当这位萨姆·戴维斯（Sam Davis）风尘仆仆地来到牧场，试图找工作的时候，牛仔们根本无法忍受，他们突然爆发出一阵充满侵略性、吵闹的玩笑话。没有人知道他是谁，而边疆的真实情况是，根本没有人关心他是谁。但是，他们对他究竟是什么人的好奇心被激发了起来。尽管他可能是护路工或者"驴皮商"，也很可能是农夫。不管怎样，工头眼下正缺人手，愿意雇用任何人。

"你会骑马吗？"工头问道。

"我想我会骑马吧，"这个人回答得懒洋洋的，"我记得有一次骑马的时候，马背上没有鞍，我也不得不骑上去，把一群迷途的牛从爸爸的玉米地里赶出来。"

"你有马鞍吗？"工头打断他。

"没有，我没有马鞍。你们必须要有马鞍才能骑马吗？"此时，那17个牛仔们立即响起了一阵高声哄笑。

萨姆的语言极其没有经验，单调乏味，缓慢迟钝，显然让工头感到烦恼，他回答道："喔，那就把你的脚放在餐桌下面，先吃饭吧，然后我们就会让你准备工作了。"

当野马"黑钻石"在巴杰牧场被卸下的时候，它是一匹或许生活了七个夏天的骏马，身上有七个具有活跃性和忍耐力极强的魔鬼。牛仔们轮番采用盲目、残忍的方式，试图驯服它，但都没有让它屈服，也没有让它发狂。在牧场上将近400匹驯马中，它是最英俊的，很可能也是最具有基本常识的。但是，它也几乎接近"找麻烦"的状态。要欣赏它，你就必须了解它往昔的历史。在它的身上，我们看到了一匹真正的马——其经历读起来就像是精彩的传奇小说。

三年来，布特·斯普林斯（Butte Springs）团队都试图捕获"黑钻石"——一匹前额有一颗闪亮的白色星星的野马。尽管如此，它依然生活在西部大盆地（Great Basin）里，骄傲而具有挑战性地疯狂奔跑。内华达的这些野马猎手是从牛仔中训练出来的，他们的职业既刺激而又非常严苛，他们百分之百能干、有效，他们确实需要拥有这样的能力，因为他们所捕获的最不称心的野马拥有十足的耐力和机警，还特别能干，全能照料自己。很长时间，很多这样的马都成功地逃脱了人类扔出的绳索，机警得足以探查出布置得最巧妙，伪装得最彻底的畜栏。

"黑钻石"终于被牛仔诱捕

可以形容纯种马的一切，比如线条、体色的优美，比如行动的轻松、舒展，比如骄傲的脑袋和优雅的举止，统统都可以用在"黑钻石"的身上。此外，这匹骏马还拥有非凡的耐力和机警，非一般的马所能及。毕竟，它是一匹纯种、纯血统的阿拉伯马。当年，来到墨西哥的西班牙征服者引进了大量的阿拉伯纯种马，其中的一些逃脱了控制，深入荒野，迅速繁殖出一群群野马。这些野马种群不断朝着北方散布，在印第安人的协助下，它们迅速地分布到更为广阔的区域。在几十年之内，美国西南部的野马数量就达到了成千上万。

这些马不仅拥有原始祖先所有的优良品质，还在特殊环境中得到了进一步发展：生长在高原上的草丛一年四季都营养丰富，高海拔增加了它们的肺活量，食肉的掠食者四处出没，严酷的气候条件严格要求它们的身体具有耐力，还要十分机警……可以说，这些马就是在这样的环境中成长起来的，尽管环境有所不同，但各种条件对它们都很有帮助，它们因此得到了人类无法给予它们的最佳结果。在"黑钻石"的身后，有一代代在如此的自然环境中训练出来的祖先，还拥有成功地遗传下来的那些显著的特性。

当牛仔们第一次驱赶"黑钻石"的时候，便带回来60匹野马。在这些野马被赶进畜栏之前，"黑钻石"就识破了诡计而得以逃脱，带着几匹马重返荒野。在第二次驱赶时，它是唯一逃脱的。第二年，牛仔们加强了装备，增加了人手，进行一次更大规模的最后的驱赶，而此时，牛仔们驱赶野马的士气也处于最佳状态，他们要把那些野马驱赶到一道宽阔的峡谷之中——一道悬崖阻挡了峡谷上端，形成了这个天然畜栏的一边，一小段围栏阻挡住一个可能的出口，在另一边，一条严重侵蚀的干燥的冲沟阻止了野马逃跑。如果牛仔们将野马成功地赶进这个天然畜栏，那么他们会相信自己能牢牢地把控那个狭窄的入口，把马群统统关在里面。

大约 30 匹野马越过盐碱地带驰骋而来，扬起纠缠的鬃毛，"黑钻石"领头。牛仔们从罗盘的三个方位匆匆赶上前去合围，将它们赶进畜栏，而它们也疾驰而入。"黑钻石"发现这是一个陷阱，便闪电般转身逃跑，它避开了牛仔，试图勇敢地跨越那条冲沟逃走。

那条冲沟在低矮的一端分裂成三条小冲沟，它们之间有狭窄、岛状、陡墙般的少许土堆。这些舌头般的岛状土堆拔地而起，顶部距离冲沟底部 3-4.5 米。"黑钻石"凭借精力充沛、生机勃勃的一跃，便跳过了第一条小冲沟，安然无恙地落在一个岛状土堆上，接着又跳过了第二条小冲沟。沿着这个狭窄、舌头般的地带，它奔向那跟自由世界相距最窄的地方，只见它惊人地一跃，便跳过了第三条小冲沟。

不幸的是，"黑钻石"落下的那片土堤早已被风雨侵蚀，它落下时带来的冲击力导致泥土在它的蹄子下面崩溃、下陷，因此它顺势滚落到下面 4.5 米的冲沟里。但它在一瞬间就站了起来，几乎垂直地伫立在后腿上，像一只山羊那样扬起身子，向上攀登那几近垂直的泥土不断崩落的崖壁。正当它要踏上更远一边的坚固地面，一个牛仔匆匆赶上前来，把索套扔到了它的脖子上，另一个牛仔也扔出索套，套住了它的一只脚。几秒钟之内，"黑钻石"就被拖倒，牢牢地捆绑起来。

"黑钻石"把驯马者频频抛在地上

尽管"黑钻石"是一匹纯粹的野马，但它也是充分拥有那种我们称为基本常识的动物。在它意识到落下的索套让自己的挣扎不过是在浪费精力那一瞬，它就立即停止了挣扎。而很多野马在被套住的时候会疯狂地挣扎，结果弄得自己精疲力尽，它们还会不遗余力地踢踹那些试图套住它们的人，一次次冲击、撕咬、踢踹、跺脚，偶尔有人会因此而丧命。要控制这样一匹野马，需要极端的技能，因为野马在如此好战的情绪中，会成为特别危险的野兽，人们需要小心对付。

这群猎马人的工头想把"黑钻石"挪作私用，于是命令手下立即给它装上马鞍，将它驯服。驯服一匹性子特别倔的烈马的常规方式，就是先把它的眼睛蒙住或者把它捆起来，再装上马鞍，在取掉绳索或蒙眼布之前的一瞬，牛仔就翻身上马，手持马鞭和马刺，竭力刺激那匹马，使其迅速消耗体力，直至那匹马精疲力尽。牧场上的牛仔们都很自信，认为只有采取这样的方式，烈马才最不可能挫败骑手。

尽管"黑钻石"是一匹根本不为所动的高傲的马，但牛仔们骑乘它的时候根本没有考虑到这种特性，竟然把它当成杀手那样来对待。那些想骑乘它的牛仔轮流上阵，把它当成了野兽。对于它，根本没有平静行动的机会。尽管如此，第一个想骑乘它的牛仔翻身骑到马鞍上的时候，它几乎没怎么努力，但接下来，就可以说它"对整个事情放了一把火"。为了将那个牛仔抛下来，它闪电般而又诡计多端地移动，但并没有做出那些疯狂、盲目而令自己疲惫不堪的努力。

一个、两个、三个骑手，连续不断地被它迅速地抛在了地上。第一个骑手被抛下来的那一瞬，它就缓和了下来，走到畜栏的边缘，到处观察，但是那里似乎没有出口，也没有逃脱的机会，于是它就扬起骄傲的头颅四处观望。当第四个高明的骑手翻身坐到马鞍上，"黑钻石"几乎垂直地伫立起来，迅速旋转，向后仰起，再把前蹄重重地踏在地上，由此产生的冲击力如此猛烈，使得那个已经在马鞍上翘起来的骑手的左大腿遭致剧烈震动，震断了骨头，一个倒栽葱便被抛到了地上。

于是，就在那天晚上，工头命令手下要把这匹桀骜不驯的烈马"黑钻石"运走，跟它一起运走的，还有两车交付给科罗拉多一家牧牛公司的牛仔使用的驯马。

在巴杰牧场上，至少有十几个"高明"的驯马人不得不放弃了驯服"黑钻石"，因为每一个骑手都被"黑钻石"迅速而狼狈地抛到地上，无一例外。因此，这匹桀骜不驯的烈马获得了些许自由，获准跟其他尚未被分配的驯马一起奔跑。整个夏天，它都自由自在，但它从来没有像一些野马被赶进畜栏时试图逃走那样而给人找麻烦。

这匹高傲的烈马因此赢得了名声，成为牛仔们茶余饭后经常谈论和开玩笑的主题。然而，仅仅是提到它的名字，任何一个牛仔，即便以前在别处有过不俗的驯马成绩，都会立即沉默不语。

萨姆轻松地驯服了"黑钻石"

晚饭后，牛仔们在厩棚边上坐成一排，稍作休息，抽根香烟，然后继续驯马。此时，他们开始密谋让工头指派萨姆去驯服那匹桀骜不驯的烈马"黑钻石"。

面对那个牢牢围起来的圆形畜栏，萨姆打听其用途，大家告诉他主要用来驯服那些难以控制的野马：野马被赶进那个畜栏后，牛仔们便用绳索将其马蹄和脑袋套住，掀翻在地，四肢反绑起来。

"那样的方式很残忍，而且大错特错。"萨姆懒洋洋地说道，但他的话却被牛仔们发出的嘲笑声和喧嚣声所淹没了。

有人给萨姆拿来一副马鞍，带他前往畜栏，里面关着分配给他驯服的野马，其中也包括"黑钻石"。

"喂，听到了吗？"工头咆哮道，"你们这些家伙赶快动一下，帮助萨姆抓住'黑钻石'。"

听闻此言，那群牛仔中有一半人都跳了起来，快乐地走过去，渴望给予他帮助。这些人看似热情，实则心怀叵测，他们都想在萨姆熟悉那匹难以驯服的烈马的时候，在萨姆被那匹烈马抛到地上的时候，成为近距离看热闹的观众。

然而，让大家惊讶的是，萨姆表示自己不需要任何帮助，也不允许任何人用他们那些残忍而疯狂的方法惊吓了他的小马。当萨姆拿着盘卷的绳子，嘴里吹着一种低沉、活泼的曲调，独自走向畜栏的时候，那群牛仔便开始悄悄讥笑起来，还相互用手肘轻推示意，等着看他出洋相。

萨姆肤色黝黑，体格如同运动员一般，年纪大约在 35 岁，显现出牛仔那种拖着脚懒散行动的方式。当他大步流星地离开时，他却以灵巧得令人吃惊的方式卷起一支香烟，点燃后抽起来。小波特——牧场主的儿子很精明，他从这种灵巧中意识到萨姆会证明自己是一个明星演员，他即将给大家带来一场令人吃惊的表演。

萨姆独自走进了畜栏。他伫立了一会儿，把目光放在"黑钻石"身上，不再吹口哨，却开始哼唱着什么，在众多小马间悄然地徐徐移动，朝着那匹烈马慢慢走去。不久之后，他不仅让"黑钻石"独自待在了角落，还让那匹马对他这个慢慢移动、悄然前行的大个子充满了兴趣和好奇。终于，萨姆把手轻轻地放在"黑钻石"的身侧，轻松、舒适地抚摸它，并用一种友好的声调对它说话。

因为牛仔们笨拙而残酷的对待方式，很多敏感而高傲的马变得桀骜不驯。其实，只要他们慎重考虑一下，通常就会改善任何马的情绪，一般来说，对于友好的接近、悄然的动作甚至友好的声调，大多数马都会迅速做出回应。

一两分钟之后，萨姆把绳索放在了"黑钻石"的脑袋上，接着迅疾而准确地移动双手，绳索就变成了套在马头上的驯马笼头。然后，萨姆转身，一边仍然对那匹马说话，一边牵着它走向栅门，大摇大摆出了畜栏。

牛仔们绷紧了神经，大气不敢出地看着这一幕。他们认为，这不过是"黑钻石"表现出来的短暂的平静，不过是它以前展现出的那种可怕的爆发的前奏。如果骑手翻身坐到马鞍上，这种可怕的展现就会发生，一定会发生。

　　萨姆关上栅门，用低沉的声调对那匹马说了几句话，然后，在没有马鞍也没有缰绳的情况下，他就笨拙地爬到了马背上。此时，那些期待着看热闹的牛仔屏住了呼吸。但是，那匹马和它的骑手显得友好而和谐，往来奔跑之际，显现出闪电般的圈子和轮廓。"黑钻石"显然很享受这样的表演，根本无意将骑手抛下来。牛仔们见状，都被震慑住了，从目瞪口呆到如梦初醒，然后吃惊不已。萨姆从马背上跳下来说："'黑钻石'，过来跟我走吧，我要给你加装一副鞍子。""黑钻石"竟然乖乖地服从了，跟着他走过去！

　　那些震惊的牛仔没有等着目睹第二场表演，就三三两两地溜走了，回到自己的岗位上处理自己的事情！

第 12 章　荒野逃生记

A Blind Guide

两个探矿人潜入黑足族印第安人保留地探矿，遭到印第安人的突袭和包围。奔逃之中，年长的伙伴渐渐落后，最后不见了踪影；年轻的探矿人克兰德尔一路奔逃，印第安人则穷追不舍，但他都一一躲过：沿着溪流来回行走，大摆迷魂阵；从一棵树爬到另一棵树，把自己的行踪巧妙地隐藏起来；等到日落后，在夜幕的掩护下穿越大草原。一路上，他始终保持高度警惕，差点儿把麋鹿、丛林狼、羚羊都当成追踪而来的印第安人。由于过度疲劳和持久紧张，他在渺无人烟的大草原上失明了。就在此时，一群迷途的士兵拯救了他。而他也凭借过人的本领和超强的记忆力，通过士兵对地形的口述，引导他们走出了荒野……

两个探矿人遭到印第安人偷袭

当时，卢·克兰德尔和乔治·威廉斯正忙着把辘轳垂放到一个勘探孔里面，两人都没有注意警戒周边的动静。尽管丝毫看不见印第安人的踪影，但就在辘轳放置到位的那一瞬，克兰德尔停了下来，小心翼翼地四处观望。这是发生在1868年的事情。这两个探矿人来到爱达荷北部的黑足族印第安人（Blackfoot Indian）保留地，在此之前，印第安人曾经两度把包括克兰德尔在内的探矿人驱赶了出去，警告他们再也不要回来。这一次，他们没有武装就来到勘探孔进行作业。通常情况下，在一个人作业的时候，另一个人要手持步枪负责警戒。

在云杉林的边缘处，似乎出现了一个倒伏在地上的身影，穿过草甸上的草丛匍匐爬了上来。就在克兰德尔假装检查绳索之际，他又看见了其他身影，每个身影都披着草做伪装，全都朝着他们慢慢推进。

这是一个理想的秋日。这个原始场景中唯一的声音，就是啄木鸟频频觅食的啄击声和一只弗雷蒙松鼠（Fremont squirrel）生气的责骂。一片云影懒洋洋地飘过沉寂而阳光明媚的草甸，大自然在安然歇息，显然，万物都宁静而安详。

然而，黑足族印第安人对这两个探矿人发动了突然袭击。克兰德尔假装对位于勘探孔底部的伙伴说话，仿佛没有发现悄悄逼近的印第安人，而且他还在伙伴爬出来的时候仔细检查辘轳，显出一副毫不知情的样子。然后，他们俩猛然撒腿跑向树林，跑向不到 400 米远的小木屋和他们的武器。就在此时，大批印第安人从草丛中跳了出来，迅速形成一个几乎快要合拢的小圈子，朝着他们合围过来。因此，他们根本不可能到达小木屋去拿武器。

五个最佳的印第安奔跑能手埋伏在树林边缘，阻挡在两个探矿人和他们的小木屋之间，拦住了他们的去路。那些印第安人除了胯下的一块遮羞布和脚上的鹿皮鞋，几乎赤裸着身子。

两人当中，威廉斯年纪稍大，奔跑速度也稍慢。当一个印第安人如此逼近威廉斯，只有克兰德尔的大胆行动才能阻止威廉斯被俘的时候，他们距离树林尚有 90 来米。克兰德尔迅速抓起一块石头，转过身去，朝着靠得最近的那个印第安人猛掷过去。克兰德尔瞄得如此之准，那个印第安人迅速扑倒在地，躲开飞来的石头。趁着这个短暂的停顿，另外两三个印第安人迅速跑上来要围住他们，为了阻止克兰德尔，印第安人将三把战斧向他抛掷过去，但克兰德尔在奔跑中左躲右闪，一一避开了飞来的战斧。尽管印第安人的行动并不那么迅速得可以包围他们，但形势依然严峻，似乎他们还没到达树林就会被俘。

这可是一场生死时速的奔跑。一个没拿战斧的印第安人冲上来，显然想抓住威廉斯或克兰德尔扭打。克兰德尔注意到对方没拿武器，便瞅准机会，从树上折断一根枯枝，转过身去，一下子就把那个惊讶不已的印第安人撂倒在地。

树林中，他们俩一度把印第安人甩在了后面。不过，在奔跑了几分钟后，克兰德尔就再也没有听到同伴的动静，于是他停下来，往回走了几步，大声呼唤。没有回应。当他聆听之际，他看见一些印第安人在树木间偷偷摸摸地溜了上来，于是他立即转身继续狂奔。印第安人一边追逐，一边发出阵阵喧闹的叫喊。距离最近时，克兰德尔听得见一个紧追不舍的印第安人气喘如牛的声音。于是，他迈着最迅疾的步伐向前狂奔。最终，当再也听不见那个印第安人砰然的脚步声，他才停下来稍作休息。

印第安人对克兰德尔穷追不舍

这一年，克兰德尔刚好 27 岁，他耐力过人，是最佳的奔跑能手之一，对于他来说，要甩掉印第安人并不是什么麻烦事。但是，他的伙伴究竟遭遇了什么呢？克兰德尔害怕印第安人俘虏了伙伴，便再度转身返回去看看是否能找到同伴。他沿着自己的踪迹折返回去，在几分钟之前刚刚越过的一个青草丛生的开阔地附近，爬到了一棵树上，居高临下地俯瞰那个开阔地，以及更远一边的森林边缘。他仔细观察，期盼看见威廉斯从树林中猛然冲出来。但是，同伴并没有出现，也始终找不到他的一丝踪迹，看来，他的情况凶多吉少。

正当克兰德尔观察之际，四个印第安人排成一列纵队，从树林中匆匆鱼贯而出。领头的那个印第安人身子前倾，仔细观察地面上的踪迹；后面那个印第安人不时向后观望；而另外两个印第安人则分别观察左右。他们来到克兰德尔藏身的那棵树下，就在他的下面停留了一小会儿，接着继续前行，一路搜索他的踪迹而去。

等那几个印第安人刚一消失，克兰德尔就从树上悄悄溜回到地面，小心翼翼地奔向那个青草丛生的开阔地。他返回这里时，行动如此小心谨慎，极力隐藏行踪，他确信那些印第安人要耗费一小时，才能追踪到他留在树下的踪迹。

此时，要前往最近的安全之地，路程也超过了 160 公里。他意识到，前往拉普威堡（Fort Lapway）最明智的方式，就是尽可能远离印第安人而穿过树林，然后越过辽阔的大草原的大片地段。而这片森林是一个狭窄的边缘参差不齐的狭长地带，位于两片青草丛生的宽阔平原之间，并不那么安全。

前行了几个小时之后，克兰德尔突然遇到了一条穿过树林的模糊小径，他想起，自己几个星期之前走过这条路。他还记得，沿着这条小径再往前大约 1.6 公里，这片树林的狭长地带就跟一片半岛状的大草原深深地形成犬牙交错的状态。当然，印第安人知道这条越过那片舌头状草原的捷径，无疑也会沿着小径前行，由此可以节约大约 1.6 公里的路程，在前面拦截他。他动身前往树林边缘，突然听到一阵正在接近的脚步声，便迅速躲藏在一块大圆石后面。那四个印第安奔跑能手从附近经过，在树林边缘停了下来，距离他只有几米远。在那里，那些印第安人压低嗓门交谈，期间还伴随着一些手势，接着就分成两组离开了。

其中两个印第安人走捷径越过那片开阔地，另外两个人则在克兰德尔后面进入了树林。克兰德尔躲藏在大圆石后面，观察那两个印第安人越过开阔地，重新进入那边的森林。短暂的等待之后，他大胆地跟在那两个印第安人的后面越过开阔地。当那两个印第安人在树林中搜寻他的时候，他却在距离他们较远之处进入了树林。

克兰德尔成功逃脱追捕

天黑之后，克兰德尔离开树林，在夜幕的掩护下穿行于开阔地，但他始终保持在树林边缘行进，这样的话，他一旦遭遇危险，就可以迅速钻进树林逃脱。早晨来临后，他走到了树林尽头。由于在光天化日之下不可能穿行开阔地，他必须把自己隐藏起来，直到夜幕降临，在如此严峻的形势下，采取这样昼伏夜行的方式的确很有必要。

在隐藏起来之前，他先沿着小溪向下游跋涉了 400 来米，然后离开小溪，朝更远处前行了一小段路程，仿佛开始穿越大草原。接着，他极度小心地隐藏了自己的踪迹：回到小溪，就在他最初进入小溪之处的上面，朝上游跋涉了一段路程。在这里，他抓住一根伸过溪流而生长的树枝，爬上了一棵树，又从这棵树攀爬到另一棵树上，再从那棵树上爬下来，落到乱石堆上，如此一来，他就没有留下一丝踪迹或者暗示的踪迹。刚好在日出的时候，他爬上了一道峭壁，在峭壁顶上躺下来，静静等待夜幕降临。

但是，克兰德尔并没有合上眼睛睡一会儿。大约下午 3 点，他看见好多印第安人包围过来，仔细搜寻他留在溪流边的踪迹，那里就靠近他离开小溪的地方。那些狡猾的印第安人仔细检查小溪底部，搜寻踪迹，他们捡起克兰德尔在树上不慎折断的一些细枝和云杉针叶，然后激动地盯着树端，仿佛已然发现了他的踪迹。

于是，他们围成一个同心圆的圈子向中心推进、合拢，到处搜索，最终却一无所获。此时，一个印第安人在攀登邻近的一道峭壁，而另一个印第安人则来到了克兰德尔隐身躺着的这道峭壁脚下。克兰德尔见状，从早已准备好的一堆石块中攥起一块，倒伏在峭壁顶端的表面，静待那个印第安人上来。

然而庆幸的是，那个印第安人并没有上来，不久之后，所有印第安人都继续往前走了，最终消失在大约 1.6 公里之遥的一座山丘那边。接近傍晚，只有一个印第安人回到了这里，接着就消失在树林中。从那些印第安人的行动来看，克兰德尔判断他们已经放弃了追踪。但是，那个返回这里的印第安人又是怎么回事呢？

在惊心动魄地逃亡了 18 个小时之后，休息一下很舒服。没有食物，他的逃脱机会也不佳，但克兰德尔仍然没有丝毫怀疑，一点儿没有气馁，相反他充满自信，在这场漫长而令人绝望的殊死奔逃中，他从未想过自己会输。

从童年起到 26 岁，克兰德尔都是设置陷阱捕猎者。1867 年，他还在如今是黄石公园的那个地区捕猎时，偶然听到了黑足族印第安人保留地蕴藏着丰富的金矿，这一传闻让他心动，致使他改弦易辙，把捕猎者的装备统统换成探矿人的装备。然而就在他进入保留地的时候，印第安人突然横扫而来，袭击了他和他的合作伙伴，当时他们正在营地中，就在印第安人闯进来之前，他们只来得及将准备用于探矿的鹤嘴锄和铁锹扔进附近的河狸池塘。印第安人没有找到他们探矿的证据，便强令他们立即离开保留地，再也不要回来。可就在离开的时候，他们又无意间发现了一条露出岩层、富含金丝水晶的矿脉，因此不久之后，他们就带着大批装备和八个同伴重返这里。不幸的是，印第安人再次袭击了他们，抢走了他们所有的供给品，但克兰德尔和另外三个探矿人幸运地逃脱了。第二年，他和他的合作伙伴增添了新装备，重返印第安人曾经突袭过他们的地方，即他刚刚逃离的那个勘探孔。

在渺无人烟的大草原上，克兰德尔失明了

现在让我们把话题转回到躲藏在峭壁上的克兰德尔吧。夜幕降临时，他小心翼翼地爬下来，开始穿越那片开阔的乡野，朝右边迂回，以避开那个失踪的印第安人。他几乎还没有动身，就听到左边突然响起一阵沙沙声，于是他立即止住脚步，迅速倒在地上，一动不动地躺着。他聆听着，那声音越来越清晰，这让他想到了那个独自行动的印第安人。接着，他的右边又传来一阵脚步声，他的身后也响起了一阵仿佛是拖着脚行走的声音。顿时，他的身子僵直了。

这些多种多样的声音让他相信：大批印第安人正在包围过来。正当他准备好跳起来，试图突破包围圈的时候，一阵麋鹿的鼻息喷到了他的身上，这让他如释重负地站起来——黑暗中，一群受惊的麋鹿迈着沉重的脚步，仓皇逃向远方。

到了日出的时候，克兰德尔已经远离黑足族印第安人保留地好几公里了，因此他觉得在白天穿越大草原很安全。尽管他一路前行，却丝毫没有放松警惕。大部分时间，他都在穿越平坦而开阔的乡野，在这样的环境中，任何物体都会在好几公里之外一览无余。于是，他的目光时时环绕着整个地平线而来回扫掠，以便在发现危险情况时迅速倒在地上；在洼地的掩护下，他仔细探查前面微微隆起的土脊和缓缓的斜坡；他匍匐爬过小丘顶部，以避免自己的身形凸显在天际线上而被人看见，他从高处仔细检查斜坡的情

况后才开始下行……

每一个时辰都让他不安。早晨，就在前面一个高处的顶端，他探查到了一阵微弱的运动，这种运动暗示着那里可能有一个匍匐爬行、侦查的印第安人，于是他立即卧倒在草丛中。过了一会儿，一只丛林狼从天际线上走出来，显示了那个不明之物的身份，这才让他长舒了一口气。

正午稍过，一些物体在地平线上站起来，他见状立即俯冲到一簇柳树中，直到那些推进的物体渐渐现身为一群羚羊，他才从树丛中走出来。就这样，他在行进中经历了一场又一场虚惊。

接近傍晚，正当他轻松地向前小跑时，却不慎绊了一下，一下子就跌倒在地上。他还没来得及把扎在手上的硕大的仙人掌刺都拔出来，又笨拙地跌倒了。他责怪自己如此笨拙，便从地上跳起来，开始奔跑，不料再度沉沉地倒了下去。

他蹒跚着慢慢爬起来，停顿了一下，把一只颤抖不已的手伸到自己疲惫不堪的眼睛前面晃了晃，却什么也看不见——原来，过度的疲劳和持续太久的紧张，让勇敢无畏的克兰德尔在这辽阔、渺无人烟的大草原上失明了！

在逃离那个勘探孔之后的亡命之旅所带来的艰难困苦，在一百万人当中也可能没有一个人能够忍受。在三天两夜的逃亡中，克兰德尔不得不连续不断而过度地使用他那双坚定的眼睛，最终使其疲劳不堪而失明。到了这个地步，他那橡树般结实的身体也开始蹒跚跟踉起来，他倒在地上，疲惫得不停地颤抖。自从这场亡命之旅开始以来，他就没吃过一口东西。此时，一种折磨人的痛苦穿透了他的双眼，而他双腿的肌肉也开始剧烈地抽搐……

失明者引导迷途的士兵走出荒野

凭着不顾一切的拼死努力，他盲目地拖拽着自己的身子走进一簇灌木蒿，他躺在里面，避开可能还在搜寻的印第安人。正当他疑惑自己会有什么样的命运的时候，他的耳朵探测到了一阵脚步声正在小心翼翼地接近。他认为那个失踪的印第安人终于发现并接近了自己，尽管什么也看不见，他还是摸索到一块石头，准备等对方靠近时拼死一搏。但是，随之而来的并不是他以为的印第安人对他狠狠踢来的一脚，而是一个带着绿宝石岛①（Emerald Isle）口音的声音问道："你怎么啦？"

原来，附近的一个士兵营地派出的前哨尖兵看见了蹒跚而行的克兰德尔，便赶紧跑过来施以营救。在营地，克兰德尔得到了士兵们很好的照顾，不仅洗了澡，眼睛也被蒙上纱布保护起来。到了早晨，他就感觉轻松了许多，但眼下最重要的是，他的眼睛需要及早得到治疗，否则后果不堪设想。

但不幸的是，这群士兵在这里迷路了。三天来，他们都只分

---

① 即爱尔兰岛。

配到一半的口粮。克兰德尔得知情况后，自告奋勇要担当行军指挥，带领这群人前往拉普威堡。大家听闻此言，随即拔营出发，让克兰德尔领头，他躺在一个吊在两头驴子之间的担架上，中尉军官紧随其后，两边则各有一名士兵骑着马，随时向他描述左边和右边的地形。凭借士兵们提供的信息，以及他对这个地区的熟悉程度和惊人的记忆力，克兰德尔毫不犹豫地为大家指引道路，一路前行。

行进了三个小时之后，位于他左边的那个士兵问道："前面是青草丛生的浑圆山丘，我们应该往右走还是往左走？"

"那些山丘有多远？"克兰德尔尖声问道。

"大约有 1.6 公里远。"那个士兵回答。

"一共有多少座山丘？"

"一共有 4 座。"士兵回答。

"喔，右边还有什么呢？"克兰德尔询问另一个负责观察的士兵。

"还有一座陡峭的山丘，山丘的南面和西面长满青草，北面则覆盖着树林。"那个士兵回答。

"大约在 1.6 公里之外的更远处，是否有一道岩石悬崖？那道悬崖的顶上长着两棵树？"克兰德尔问道。

"是的。"那个士兵回答。

"在这道悬崖的右边，你能否看到远处有一座森林覆盖的山岭？"

"看得到！"五六个士兵齐声回答。

"既然这样，"克兰德尔便说道，"那就瞄准那道悬崖走过去，走到它的左边，然后再瞄准那座森林覆盖的山岭上的最低矮之处走过去。我想，当我们到达山岭顶部的时候，你们就会知道自己在哪里了。"

　　他们继续前行，那天傍晚，在克兰德尔的指引下，大家都安全地到达了要塞。克兰德尔在当地的军医院待了一个月，不仅恢复了视力，还能下地行走了。

　　尽管克兰德尔遭遇了三次惨重的损失，但这些探矿经历并没有让他气馁，这非常符合开拓者和探矿人的特性。在这个要塞，他又挑选了一个合作伙伴，在金色的山杨树叶飘落之际，他们再度出发，前往黑足族印第安人保留地！

第 13 章　幼熊流浪历险记

Tramp Days of Grizzly Cubs

一头母熊遭到猎人射杀，留下三只幼熊孤儿，它们不得不在荒野中流浪。一只幼熊成为领头者，另外两只则紧随其后，它们相互忠实，共同应对一切危险。它们屡屡接近探矿人，对辘轳和空气泵的声音感到好奇；它们在河狸池塘游泳、泼水、角力、拳击，在小溪里捕鱼。后来，两个猎人开枪射伤了一只幼熊，却立即遭到其同伴的凶猛报复，结果一个猎人被逼到树上，另一个猎人则差点儿丧命。不久，一只幼熊又落入猎人设置的陷阱，其同伴对猎人发动冲击，惊跑了猎人的驮马，还把猎人逼到树上，而被夹住的幼熊也奋力挣脱钢夹，与同伴逃进山林。在结伴漫游的欢乐时光结束后，它们就各奔东西了。

母熊遭到射杀，三只幼熊到处流浪

灰熊幼崽在荒野中的一次次历险，具有无休止的刺激和娱乐性，会愉悦所有爱好爬山、游泳、探索的男孩的灵魂。幼熊是快乐的荒野探索者，它为即将来临的事情做了准备或正在做准备，拥有林林总总的经历。在幼熊跟母熊分离和选择家园的那段时间里，它是喜欢娱乐的漫游者，大约有两年欢乐的流浪时光。

如果有两三只幼熊——同胞兄弟姐妹一起漫游荒野，那么它们的流浪生活就更加活跃，也更加令人激动。在这样的漫游中，一只幼熊会成为领头者，幼熊们在娱乐和搏斗中会团结起来，相互忠诚，至死也不离不弃。一般来说，它们有整整两个夏天和一两个冬天待在一起，通常在第三个夏天才各奔东西，然后选择自己的专属领地，在那里定居下来，独自严肃、认真地生活。

在爱达荷的锯齿山（Saw Tooth Mountains）中，我多次见过三只大灰熊幼崽，它们无疑拥有活跃的、多姿多彩的童年，还充满了娱乐和历险。一个探矿人也观察过它们，他把关于它们的一些经历告诉了我：一个猎人射杀了这几只幼熊的母亲，还轻微地创伤了其中一只幼熊的一条前腿，打掉了另一只幼熊的一根脚趾，第三只幼崽则毫发未伤。尽管如此，它们还是成功逃脱了猎人的追捕。这件事发生在它们刚刚断奶之后。一般来说，幼熊在断奶之后还要和母亲一起度过那个秋天剩下的时光，母子会一起待在洞穴里面度过那个冬天。接下来的那个夏天的某个时候，它们才会一齐离开母亲。对于这三只幼熊，由于它们的母亲遭到了射杀，它们就成了名副其实的孤儿，不得不比通常的情况提早独立生活，照顾自己。

那只腿部受创的幼熊成了这三只幼熊的领头者。我无法查明那个领头者是否决定了这个小群体的一切活动，但可以肯定的一点是，无论它干什么，另外两只幼熊都会立即赞同，并遵照执行。漫游中，这几只忠实的幼熊经历了一次又一次历险，每当面临危险，它们是不可分割的玩伴和团结的伙伴。无论它们走向何方，那只微微跛足的幼熊始终都在前面领路。

在这个秋天漫游期间，它们发现了我的那个探矿人朋友正在开凿的勘探孔。当他从矿坑里面爬出来吃午餐时，他看见那三只幼熊待在附近的树林边缘，显然在全神贯注地观望辘轳，或许它们既在观望又在聆听。当他一出现，它们就盯着他看了几秒钟，然后匆匆逃走了。那个探矿人偶尔会开动一台小型空气泵，帮助矿井坑道和竖井通风。这台机器发出一种特殊的嘎嘎作响的嗡嗡声，可能正是这种声音吸引了那些幼熊的注意，吸引它们来到现场观望动静。

地面积雪的时候，那个探矿人在返回小木屋的路上，看见了幼熊们留下的踪迹。当幼熊们对他的工作场地发生了兴趣，它们就鱼贯而行，接近那里。三只幼熊都伫立在后腿上，肩并肩站着，面对着那个地方，显然在观望、嗅闻和聆听。当它们这样打探动静的时候，它们显然受到了惊吓，便沿着自己的踪迹往回奔跑了一小段路程，又停了下来，再度伫立。雪地上的踪迹表明，它们等待了几分钟，试图弄清楚那种骚动的声音究竟是什么，才决定下一步行动。它们重新排成一行，沿着自己的踪迹走上前来，来到它们最初停下之处较远的那边，更接近探矿人。但是，刚一抵达树林边缘，它们就再度受惊，排成一列纵队，在它们之前留下的踪迹上鱼贯着撤退。而当探矿人出现的时候，它们又再次推进到树林边缘。

荒野中，三只幼熊快乐地生活

好奇，似乎是大灰熊本性中最显著的特征。对于任何不同寻常的事物、新的事物，它都始终保持警惕。新的气味、新的声音、新的轮廓，甚至其他野生动物不同寻常、特殊的举动，都会让它兴致勃勃。这种好奇心常常导致它接近某个令它感兴趣的物体，以便更有利、更清楚地进行观察，或者理解那个物体的特性。跟成年大灰熊相比，幼熊更是充满了好奇心。

那个探矿人不是猎人，不会伤害野生动物。那个秋天，他有三四次看见那几只幼熊活跃的身影，偶尔还越过它们的踪迹。有一次，他在树林中偶然遇到了那三只幼熊，当时它们正在挖掘，也许是在挖掘耗子。还有一次，他看见那三只幼熊在岩石嶙峋的山坡上忙忙碌碌，不断采食野玫瑰成熟的红色果实。第三次，他看见它们排成一列纵队，越过河狸池塘边的一片开阔地，那个跛足的领头者走在前面，第二只和第三只幼熊小心翼翼地踏在它的踪迹中，一路鱼贯而行。那一年的 11 月末，探矿人前往距离他的小木屋若干公里之外，去检查一道露出岩层的矿脉，返回的时候，他遇到了那几只幼熊的踪迹，便在新落的雪上追踪了一小段路程，结果发现它们全都钻进了一个洞穴。显然，这几只幼熊躲在自己挖掘的洞穴中，度过了那个冬天。

后来，当我探访那个洞穴时发现，那不过是在沙砾的山坡上掘出的一个洞孔，深约 1.8 米。在这个洞孔中，几只幼熊在清一色的沙砾上蜷曲着身子，依偎在一起过冬。第二年冬天，它们就再也没有使用那个洞穴了。

在它们生活的第二年秋天，在距离探矿人的小木屋至少有 32 公里的山上，我看见了这些活泼的幼熊。当时它们正在河狸池塘中游泳，任何三个游泳的男孩都没有它们玩得那么开心。只见它们溅起水花、角力，偶尔还会相互拳击。我花了一个多小时观察它们嬉戏。接着，我追踪了它们一个星期，期间多次窥探到它们的生活。尽管如此，我也没能找到它们的大多数过夜之处，但有一天晚上，在一处森林覆盖、陡峭的山脚下，它们来到一片柳树丛中，紧紧地依偎在一起过夜，它们的前面是一片浓密的柳树，后面是一道悬崖。

还有一次，正当那三只幼熊在一条流入红鱼湖（Red Fish Lake）的小溪中捕鱼时，我从远处用望远镜观察它们的活动。它们正在全神贯注地捕鱼，不料一只鹿在它们附近穿过柳树走出来，一路发出沙沙的声响。那三只幼熊事先没有闻到那只鹿的气味，尽管没有明显受惊，但它们立即竭尽全力去观察那个物体究竟是什么。领头的那只幼熊碰巧站在一棵躺在地面上的分枝众多的树边，它伫立在后腿上，把两只前爪放在树上，专注地盯着前面；另外两只幼熊无法在它的两旁观望，也伫立起来，第二只幼熊把前爪搭在领头那只幼熊的背上，而最后面那只幼熊同样也把前爪搭在第二只幼熊的背上。它们以这样的姿态专注地观察，还不时把鼻子微微转向左边或右边嗅闻，直到那只鹿从树林中走出来进入开阔地，它们才松了一口气，接着，它们便迅速朝着小溪上游鱼贯走去。

尽管这些幼熊在捕鱼，但它们偶尔也会吃草。我看见，其中一只幼熊在伫立起来的时候，呈现出一副奇异的外貌：一些长长的草叶从它那紧闭的双颚之间突出来，样子十分滑稽可笑。

猎人试图射杀幼熊，幼熊奋起反抗

有一天，我看见那几只幼熊在林边追逐和捕捉蚱蜢。当它们蹑手蹑脚扑到歇落的蚱蜢上面，或者跃入空中拍击飞逃的蚱蜢时，它们肥胖的身体就展现出犹如喜剧电影的表演。正当我观察那几只幼熊时，一头成年大灰熊从树林中慢吞吞地走出来，从它们旁边走过，一步也没有停留，对于几只幼熊的存在并没有流露出反对的神态。一般来说，成年大灰熊会迅速赶走在自己领地上巡游的其他大灰熊，但幼熊似乎不受限制，可以前往任何地方。这些幼熊静立着，目送那头成年大灰熊走出视线之外，对它的出现并没有流露出一点儿担忧。

我希望自己有一天运气够好，能目睹这几只幼熊跟它们年纪相仿的其他幼熊相遇的场景，但可惜的是我未能看到。在如此重要的场合，幼熊们究竟会干什么；在这样的相遇中，荒野的礼节究竟是什么，如此等等，我真希望自己有一天能探明。

就在幼熊们捕捉蚱蜢那一天，它们在阳光下四处活动，其体色非常清晰、显眼，均为略带灰色的棕色。一般来说，大灰熊幼崽的皮毛颜色各不相同，这几只幼熊体态丰满、干净，体形大小几乎都一样，而在3只幼熊当中，领头的那只幼熊体形略大，是其中最大者，体重约有68公斤。

在我离开这个地区一个月之后，两个猎人就来到林中溪畔，在一片部分长满柳树的开阔地，偶然遇到了那几只幼熊。当时两个猎人只看见了其中一只幼熊，便近距离开枪射击，那只幼熊被打翻在地，显然受了重创，它一边在柳树丛中痛苦地滚来滚去，一边发出可怕的嚎叫和哀鸣。为了再次朝它开枪，两个猎人分别赶往柳树丛的左右两侧。

另外两只幼熊眼见同伴受伤，怒不可遏，迅速冲向猎人。其中一个猎人看见一只毛发竖起、嚎叫着的幼熊冲过来，跳几下就能扑到自己身上，便赶紧扔下猎枪，一跃而起，抓住头上的一根树枝，翻身爬上树去。与此同时，那只幼熊已经冲到了树下，它伸出爪子一击，撕掉了他的一条绑腿，让他差点儿没能逃过这可怕的一击。第二个猎人还没看见另一只幼熊，即那个跛足的领头者，那只幼熊便猛然扑了过来，伸出右前爪一击，便将猎人打翻在地，猎人栽倒在柳树丛中，被打断了两根肋骨。然后，那只幼熊迅速扑到他的身上，抓住他不断地摇晃，还张开大口，咬伤了他的肩头和大腿。

同时，那只受伤的幼熊从地上爬起来。那个跛足领头者见状，便停止了撕咬猎人，开始舔舐受伤的同伴的伤口。一分钟之后，那只一直看守着树上那个猎人的幼熊也跑过来跟它们会合，很快，三只幼熊就消失在柳树丛中。事实上，不管是灰熊幼崽还是成年大灰熊，一般都不会主动攻击人类，除非先遭到攻击，除非它感到自己被逼上了绝路，或者为了保护同伴。

幼熊离开后，被逼到树上的那个猎人赶忙爬下来，把受伤的同伴尽快扶到营地，请求外界帮助。后来，他对这些幼熊的凶猛程度进行了绘声绘色的描述，人们从中可能轻信成年大灰熊受到刺激而奋起搏斗时会有多么凶猛，正如克林顿州长①（Governor Clinton）在一个世纪之前所说的那样："对抗整个印第安人部落的进攻。"而印第安人仅仅以弓箭和长矛为武器。大灰熊被迫进行搏斗时所采取的可怕方式，并不是因为凶猛而为之，那就是它们被命名为绝对统治者 Ursus horribilis 和 Ursus horribilis 的主要原因。

一只幼熊落入陷阱，其他幼熊冲击猎人

大灰熊幼崽对同伴的忠诚度，在动物界很可能少有物种与之媲美。它们就像高山上的三个瑞士人，完全恪守"人人为我，我为人人"的信念。在任何紧急情况下，它们似乎都只想为了共同的利益而行动。母亲流露出来的那种强烈而深沉的奉献精神，如今轮到每一只幼熊施展在同伴身上。

灰熊宠物展现的那种对人类的极度忠诚，我们认为只有狗才具备，关于这一点，早已有过种种描述。大灰熊敢于为自己的主人而死。忠诚是大灰熊的一个显著的特性。

①即德威特·克林顿（1769–1828），美国政治家和博物学家，曾担任纽约市市长和纽约州长。

不久，那只受伤的幼熊就痊愈了。在这次枪击之后不到一个月，这几只幼熊在荒野中漫游时再次遇险，惊跑了一匹设置陷阱捕猎者的驮马，还把那个人毫不客气地逼到了树上。当时，那个人设置了一个捕熊的陷阱，并用陈腐的肉来做诱饵。在 48 个小时之内，幼熊们就接近了他所设下的诱饵。它们留下的踪迹表明，它们从好一段距离开外就闻到了那种气味，便小心翼翼地走向那个陷阱。起初，它们并没有接近陷阱，而是围着陷阱绕圈，相比诱饵本身，它们显然更注意那个古怪的钢夹。其中一只幼熊过于好奇，不知不觉伸出了一只前爪，显然想去触摸那只钢夹，结果在触摸的过程中不幸触发了弹簧，两根脚趾被钢齿死死咬住，令它无法脱身。

第二天，那个捕猎者赶着那匹驮着供应物资的驮马，前往一个永久性营地。他还没有接近自己设置的陷阱，那匹驮马就闻到了熊的气味而受到了惊吓，坚决不肯前行。于是他不得不下马，把马拴在一棵小松树上，打算拿着步枪小心翼翼地走过去，探查前面的情况。尽管那只落入陷阱的幼熊动弹不得，然而它那两个忠诚的同伴都停留在附近，它们迅速冲向那个人和那匹马，那匹马受惊，猛烈地挣扎、拉扯，情急之下竟然将那棵小松树连根拔起，那匹马也因此向后翻倒。随后，那匹马站起来，穿过树林和柳树丛疯狂地奔逃，驮包里面的东西散落一地，一部分散落在柳树丛中，一部分挂在树枝上，现场一片狼藉。

幸运的是，那匹马翻倒时，正好隔在猎人和两只冲过来的幼熊之间，这样就短暂地阻断了幼熊的冲击之路。然而正是这短短几秒的耽搁，才使得那个猎人能够在幼熊扑上来之前就爬上了一棵树。由于大灰熊不会爬树，他才凭借躲在树上而得以逃脱。混乱中，那只被夹住的幼熊猛烈拖拽连接着钢夹的链条，而那根链条被固定在一根断裂的小木头上，幼熊奋力把木头拖出一段距离，然后木头就卡住了。在接下来的一阵阵猛烈的挣扎中，那只幼熊最终扯断了两根被夹住的脚趾，它一挣脱钢夹，就跟另外两个同伴匆匆跑进树林，消失得无影无踪。

在两个季节的探索中，这几只幼熊走遍了一片大约 64 公里长、48 公里宽的山地乡野，总面积达到了 3000 多平方公里。在它们分道扬镳之后，它们可能会在这个地区度过少许时光。在这几只幼熊一起漫游山林的时候，无论它们多么不可分割，多么如胶似漆，多么亲密友好，但在分离之后，它们也不太可能再度相遇，或者即便它们在成年后相遇，它们之间也不太可能显现出幼年时那么友好的态度。

大灰熊，除了带着幼崽的母熊，一般都会独自生活。然而，究竟是幼崽在漫游中发现并喜欢上一片未被其他大灰熊占据的领地，还是母熊有时候为孩子选择未来之家，这一点尚不得而知。但是，通常一只灰熊幼崽到了 3 岁，就会在某个地域定居下来。在这片地域中，它独自生活，也是在这片地域中，它独自进入洞穴冬眠。它很少离开自己所选择的地区，即便离开，通常也很短暂。一头熊始终反对另一头同种类的熊入侵自己占据的领地。因此，当一头熊离开家园前往别处，它很可能在不断移动，以免招惹当地的熊。

　　这三只忠实的幼熊究竟最终在何时何地分道扬镳，我不得而知。它们的分离可能发生在它们第二个欢乐的夏天结束，进入洞穴冬眠的时候，也可能发生在它们第二年春天从洞穴中出来的时候。它们一起经历了众多的漫游、游泳、飨宴和历险之后，便各奔东西。在它们永远分别的那个时刻，我真希望能看见它们各自渐行渐远的身影。

第 14 章　雪崩调查记

Snowslides from Start to Finish

矿工寄宿处位于一条冲沟附近，那里雪崩频发，危及路人安全，因此矿工们前往冲沟上端主动引发雪崩，以消除隐患。奔流的雪崩撞上崖壁，会升起巨大的雪尘柱；或者冲上对面山坡，翻转过来，落回冲上山坡时的轨道，形成一个大圆圈；要不然就越过山岭顶部，冲到山后，扬起遮天蔽日的雪尘。在一些地区，为了防止雪崩发生，人们会用木桩或石墙把积雪固定起来，有效地保护周边居民的安全。相比其他月份，雪崩在3月发生的频率要高得多：在胡西埃山口，一片古老的冰雪原积累了好些年，但在春天融雪之际，一股水暗中破坏了它的基础，使得它岌岌可危。终于，它开始松动、下滑，如滚滚洪流奔涌下来，一瞬间便砸碎了探矿人的小木屋……

用石头击中雪檐，引发雪崩奔流

有一年，在一个白雪皑皑的 3 月傍晚，我穿着蹼状雪鞋来到了一个矿工寄宿处，那座房子位于高高的群山中，在十二英里岭（Twelve Mile Range）上面，每年春天，那里几乎都会发生雪崩，而此次我之所以前往那里，就是为了观察雪崩奔涌的情况。整个傍晚，在我兴致勃勃地听取矿工们讲述雪崩的情况后，我比以往任何时候都更加迫不及待，想亲眼看看雪崩究竟是怎样"奔流"的。

第二天早晨，我早早就起床了，准备停当之后，工头就走出来问道："弗格森奔流了没有？喔，那么，就告诉萨利文去引发它吧。"他朝我这边看了一眼，然后说道，"告诉他，顺便把这位老兄也带去。"

我照着萨利文的样子，从乱石堆上抓起一块大约 4.5 公斤重的碎石，然后就匆匆赶路，试图穿着蹼状雪鞋跟上萨利文大步迈出的滑雪步伐。

当我们一路前行，我跟萨利文攀谈，从而得知了所谓的"弗格森"不过是一条冲沟的名字，而那个工头想要引发的则是冲沟上端的积雪。每年冬天，一旦风暴或者疾风带来的雪积累在冲沟里面或顶峰边缘，那么积雪就会崩塌、冲下来好几次，从而形成弗格森雪崩。一场大雪之后，如果它没能自行迅速奔流下来，那么矿工们就会主动去引发它。因为如果不除掉高悬在上面的积雪，人们行走在下面 800 来米之处那条越过冲沟的道路就很危险，路人始终会受到雪崩的威胁。尽管那条冲沟深达 400 – 800 米，长达 1600 米，但在一分钟内或不到一分钟，雪崩就会裹挟着好几百吨重的积雪，在那光滑的侧边陡峭的冲沟里迅速地跑完全程。

矿工寄宿处位于高原顶上，距离那条冲沟上端不远。当一阵阵旋风沿着冲沟吹过去，便会形成气流，但当它们扫过边缘时，气流便被打断了，疾风所裹挟的雪花纷纷扬扬地飘落下来，几个小时之内，积雪就会在冲沟上沿形成一个巨大的雪檐。我们来到那个雪檐附近停了下来。

"把石头扔在那里。"萨利文指导我说。

我扔出的石头激起一阵雪尘，立即引发了足足可以装满一辆运货马车的积雪迅速下滑，整个雪檐都崩塌了，紧接着，冲沟上端这一大片积雪都开始下滑，随着不断奔涌和咆哮，积雪就沿着冲沟横扫下去。那些旋转的向后飞舞的积雪扬起阵阵雪花和雪尘，在峡谷上空遮天蔽日。就这样，弗格森雪崩开始奔流了。

雪崩滑下去之后，我赶紧爬到下面那道被清扫干净的冲沟，渴望去看看那场刚刚崩塌下来、奔流而过的雪崩，但是，我足足花了1个小时，才横越了那场雪崩实际用时仅52秒便冲了过去的距离。有时候，当积雪更多时，弗格森雪崩甚至还会比这场雪崩奔流得更远，可达800米。

在那里，一大堆白色的冲击物铺展在平坦的地面上，覆盖了一个大约为3个钻石形棒球场面积的空间，在一些地方厚达1.2米，一部分积雪被挤压成了冰冷的大雪球，一块块厚厚的积雪硕大得如同圆桶，然而，大多数积雪看起来就像粗糙的白沙。弗格森雪崩奔流得如此频繁，而且积雪中只有极少的废物或沙砾，这就使得冲沟始终保持着干干净净的状态。

雪崩冲上对面山坡，消失在顶峰那边

一个起风的日子，我前往一个刚刚冲下来的雪崩垃圾堆。在那里，雪崩沿着3条冲沟冲下来，汇入与之相连的一道峡谷，将积雪和泥土大量堆积起来，形成巨大的一堆，其深度几乎达到了30米，使得原来的一条运货马车道路被掩埋在下面，但是，人们穿过这一大堆积雪障碍物挖掘出了一条隧道，供车马来往通行。到了第二年7月4日，这个包裹得严严实实的雪堆的残余还存留在那里，尚未融化。

还有一天，我爬到一座山峰高高的斜坡上，我想那座山峰如今就叫古约特山（Mount Guyot），其周边环绕着无数的峡谷和长长的陡坡。我爬到一条从下面的高原上突起来的锋利的山脊侧边，只见下面有巨大的雪檐，那是由冬天的风吹来的雪花堆积形成的。我看见好几场雪崩奔涌着下滑，冲撞之际激起白色的雪尘，弥漫在空中，那撞击声回荡在群山的崖壁上，汇集成了一阵阵骚乱的声响。

　　一场雪崩会好几次挪动岩石堆和积雪堆，而这些被挪动的东西又转而引发和加速其他雪崩的发生，发出一种巨大而混乱的咆哮。当一场场雪崩冲下这个山坡或那个山坡，击中悬崖和岩壁之际，到处都有雪尘柱腾空而起，如果乘坐飞机在空中俯瞰，你会看到巨大的积雪犹如火箭和流星一般射起来，那景象蔚为壮观。

　　一场雪崩迎头撞上峡谷崖壁，撞击的压力和烈度改变了——把积雪冻结成冰。因为在崖壁上面超过 45 米之处，冰、雪和断裂的树木被迅速冻结起来。

　　大约在正午，一大片雪檐掉落下来，裹挟着大量雪堆沿着山坡迅速冲下去。经过长途奔涌之后，它射到了对面的山坡上面，击中了一个大型的环形盆地，旋转之后，最终在半空中返回它冲上山坡时的轨道。就这样，它绕了一个大圆圈，也就是翻了个筋斗。

　　在一阵咆哮中，我能听到对面山坡上传来冲撞的轰隆声。这片陡坡倚靠着一片正好面对我的高原，在这片高原上，一座山壁陡峭的峰峦突起于林木线之上，高高地直插云天。

　　就在匆匆忙忙赶过去观察这场雪崩的过程中，我差点儿没有逃脱雪崩那怪物般的碎浪锋线的冲击。当时，雪崩正在冲上山坡，岩石、肮脏的雪和断裂的树木在它的锋线上不断翻滚，好些断裂的树木从锋线上以危险的角度向前撞击：两棵断裂的树木掉进了锋线滚滚的雪中，立即遭到爆炸性的撕裂，在大片奔涌的雪崩下被压碎。

这场雪崩沉闷而混乱。它始于对面的山峰上，那里比它几乎把我卷入的地方要高出大约 600 米。它沿着陡坡猛然下滑，砸出了一条大约 1.6 公里的道路，裹挟着废物、积雪和千百棵树木滚滚而来。当它到达底部的时候，它肯定在高速移动，而当它掠过我的时候，它的速度可不慢。

它继续向前奔涌，充满了群山的动力。在山坡上接近 60 米之处，它越过一道山岭的顶部而冲了过去，猛然撞击和挤压一片巨大的雪檐，于是，大片的积雪飞扬起来弥漫了天空，以一阵旋转的雪白的云的形态消失在顶部那边。等我赶到顶部的时候，它已经沿着山坡一路撕裂而下，冲击了 800 来米，而且完全被一片升腾而起的巨大雪幕给遮住了。

在一些地区，木桩和石墙可防雪崩

在春天，你无法确定雪崩会在何时何地发生。一道大峡谷连接着若干条小峡谷，雪崩随时都可能顺着一条小峡谷奔涌而下，但是，所有的雪崩都会穿过大峡谷而奔涌。有一次，我刚刚越过一道大峡谷，三条小峡谷中就分别发生了一场雪崩，就像白雪特快列车一样疾驰而过。

尽管雪崩疯狂地奔涌，直到滑行结束才会停下，但有时候，它们也可以被固定或者被钉牢，从而不会下滑。在无数的峡谷和大多数山坡上，除非被上面那负担过重的陡坡上的岩石或积雪击中，积雪一般都不会滑下来。通过把那引发雪崩、制造麻烦的积雪沉积物固定起来，很多山村和矿工寄宿处就得到了有效的保护。我见过被这样围住的雪崩——就像猪一样被牢牢系住，因此不会下滑。

我拜访过一个矿区，那里位于林木线之上的陡坡，距离疾风吹积成深深的雪堆的山顶不远。这些雪堆崩滑过两次，那滚滚的雪崩横扫下来，势不可当，落到建筑物上面，并将其卷走，砸碎到下面1.6公里之处的谷底。但是，若干年来，这些雪堆都不曾下滑，因为人们在积雪累累的山坡上打下了四排结实的木桩，将其牢牢地固定起来。有时候，人们还使用石墙来阻止积雪下滑。在这样的条件下，积雪落在上面，便紧紧依附在那里，被牢牢地控制起来。

而在另一个地方，在一片矿区的两座主要建筑物之间，每年冬天都有好几场雪崩冲下来。由于没能找到有效的方式来固定积雪，因此在每一场暴风雪之后，矿工们便会派两个人前往瞭望哨实施警戒，一旦雪崩启动，他们就开枪示警，让人们赶快撤离。

雪崩发出的声响通常都听得见，它在撞击中咆哮或奔涌，但在你无法远望的谷底，雪崩激起的回音很混乱，常常令人困惑：

山壁一次次发出回音，峡谷通常弯弯曲曲，因此你经常难以辨别雪崩到底从哪个方向临近。在这样的险境中，一旦被雪崩冲倒，那就意味着死亡。不过，在任何积雪的地区，雪崩发生的次数也并非数不胜数，每年因为雪崩而死伤的人，通常还不及纽约城一周之内车祸的伤亡人数。

任何形态的冰和雪始终都很滑溜。雪崩是由沉重的降雪落在陡峭、光滑的山坡上所引发的，也是由疾风从宽阔的区域扫走积雪，将其一堆堆地扔在山坡顶部而引发的。然而，在平坦的乡野，无论积雪怎么聚集，都绝不会发生雪崩。尽管如此，我还是看见过一场活跃的小型雪崩发生，从一座大型厩棚陡峭的屋顶上滑下来，引得我们这些正在几米开外用积雪堆大象的男孩激动不已、欢呼雀跃。

或许在3月，雪崩发生的频率远远高于其他任何月份。雪崩大体上有三种类型，或者更确切地说，是有三套引发雪崩发生的条件。在降雪期间或者降雪之后，那种立即从峡谷陡峭的崖壁或斜坡上崩塌下来的雪崩，通常沿着溪流或雪崩长期使用的通道而滑下来，这些相同的通道可能被那些耗费了整个冬天才形成的雪崩所频频使用。每年冬天的一部分时间，降雪都被疾风吹落在山顶上，几周之后，一个大雪堆就形成了，到了3月，春天冰雪消融的时候，这样的雪堆就会发生破裂，冬天积累的积雪就会顺势滑走。第三种雪崩类型从粗糙、崎岖的地方滑下来，而在此之前，这样的地方不曾发生过雪崩。这类雪崩可能形成于疾风的劳动——

疾风从不同寻常的区域把雪大量吹到雪花平常不会飘落的地方，或者经过数年的冰雪积累，历经一个又一个冬天，雪堆越来越大，最终翻倒下来，或者它的基础因为冻结和融化而发生垮塌。

胡西埃山口经年累月形成的大雪堆

一旦雪崩开始下滑，似乎就无法阻止。它通常径直朝着底部冲去，从它开始下滑到停止之处，你能看见它所留下的那种圆凿形的长长的通道，但也不尽然。有时候，雪崩在弯曲的峡谷中如同溪流一般蜿蜒流动。如果雪崩沿着一条鱼钩状弯曲的冲沟冲下来，那么它常常会遵循那条弯曲的路线而行进。但是，它也可能跳过一道低矮的山壁，而且有时候，当它沿着弯曲的冲沟迅速冲下来时，它还会一跃而出。

有一天，正当我沿着一道山岭的顶部安静地前行时，一场雪崩在峡谷中奔流，最终要跳出来。只见一大片雪疯狂地隆隆作响、咆哮，雪尘突然向上射起，朝我射过来。在雪尘之云中，我什么也看不见了。然后，一阵疾风骤然而来，吹散了雪尘，透过慢慢清澈的空气，我看见雪崩从一道峡谷中翻了个筋斗跳出来，落在对面的山壁上。有半分钟或者更长时间，一根巨大的白色烟柱升腾而起，形成了屏幕——雪粉和雪尘充斥着峡谷，越升越高，爬升到或许有 400 米的高空。在沿着峡谷冲下来和猛然撞击崖壁的过程中，好多吨冰雪被碾压成了粉末，激荡的空气锤击这些粉末，展现出一种奇异、宏伟的景象。以前，我也见过雪崩跳高、越过峡谷而俯冲，擦着崖壁，翻转底部，但这种筋斗可谓雪崩展现的一种新的惊人的表演。

在胡西埃山口（Hoosier Pass）高高的山坡上，我发现一个古老的雪堆在那里存留了好些年，它看起来更像冰而不像雪，但是，那里的冰又不足以构成冰川，崎岖不平、树林覆盖的山坡又不足以让那些冰雪下滑、奔流，因此它就留在那里，持续了好几个夏季，但每一年都越来越大，最终那个大雪堆肯定重达几千吨。它头重脚轻，向前倾斜，如果它朝东边倒塌，那么它就会沿着一片山坡下滑；如果它朝着北边翻滚下去，那么它就会投入一道冲沟，然后顺着一片山坡滑下去。但是，无论它朝哪个方向崩塌，再多一点儿春天的温暖，它那冰冷的系泊处就会把它释放。在一片温暖的山坡上，春天的冰雪融化形成了一股水，正在暗中破坏这个大雪堆的一角。

当时我越过一道峡谷，前往一个探矿人的小木屋，而当我开始下坡的时候，我侧首回顾，确定那个大雪堆没有下滑的迹象。那座距离沟底仅有一箭之遥的小木屋，看起来似乎很安全，不会受到雪崩的冲击。

在那座小木屋里，我和那个探矿人度过了一个愉快的晚上。我们在铁皮火炉旁坐到很晚，我聆听他滔滔不绝地讲述自己与熊、印第安人和雪崩的种种经历。在爱达荷，他工作了两年，在一处山腰开凿一条隧洞，而他在那段时间里所使用的所有柴火，都来自一大堆雪崩冲下来的树木残骸。那堆树木残骸如此巨大，以至于他从中抽取柴火使用了那么久，也完全看不出有所减少。

"是的，"他说，"雪崩随时都有可能挣脱束缚而冲下来。它会穿过若干公里的森林路段横冲直撞，冲过1.6公里以上的陡坡，一路前往谷底。因此，那里将有一大堆断裂的木材、大大小小的岩石和相当多肮脏的冰雪，所有这些东西乱七八糟地混为一堆。但我认为，尽管那片大型冰雪原在奔涌下来时会接近这里，但这座小木屋很安全，不会受到雪崩冲击。"

观察两场雪崩迎头相撞，被卷入雪崩

第二天早晨，我一出门便朝着高处攀登，而探矿人则爬到下面不远之处，到那里的一个隧洞中工作。我一心想去看看那片古老的冰雪原——如果它开始松动、下滑、奔流，那么在那一天的大部分时间里，我就可以看见它的开始和结果。然而，尽管当地有其他雪崩已经移动或正在移动，那个大雪堆却没有移动。在此期间，我还看见了很多场雪崩下滑时共用的一条路径，其中有两次雪崩跳过了高高的悬崖。不仅如此，我还听到其他雪崩在深深的峡谷中奔流，尽管我看不见它们，但从它们后面的峡谷中，那蒸腾的白色冰雪粉尘之云翻滚出来，形成了壮观的一幕。当雪崩距离太远，无法听见或看见的时候，你常常能从峡谷中看见雪尘升起的这种拖曳的飘带，在你的眼前，那气势蔚为壮观。

不远之处，我发现了一片山坡，有两场雪崩在那里相撞。一场雪崩顺着光滑的山坡下滑了大约 800 米，其间不断加速，越来越快，那速度足以让它远远地冲击到对面山坡上，然而就在此时，它跟另一场迅速滑下来的雪崩相遇了——积雪裹挟着各种残骸溅落在周围大约 60 米的范围之内，那些断裂的树木、岩石和冰块滚滚而来，把积雪撕扯起来，涂抹到伫立在边线附近的树木上。这是一次迎头相撞，然而在撞击之后，奔流而下的雪崩的一侧向内弯曲，且不断前行。在一两百米之后，它就跳过了一道悬崖，那巨大的冲击力毁坏了峡谷中的一丛树木。

在回家的路上，我不幸遭遇了一场意外——我没有料到自己会成为一场雪崩的"乘客"。正当我穿着雪鞋慢慢走下一片光滑、陡峭的山坡时，脚下的积雪突然像被剥离了一般开始松动、下滑，来自脚下的冲击力让我站立不稳，一下子就跌倒在滑动的积雪中，随着运动的积雪不断下滑。幸运的是，我很快就抵达了一个树丛，这些树如同有些树那样十分强壮，足以抵抗雪崩横扫而来的强大冲击力，因为这场把我卷进去的雪崩把我吐出来的时候，它才刚刚开始进入高速，尽管如此，我已然气喘吁吁，衣服被撕破，一些雪塞进了我的脖子，我的一只雪鞋和帽子不见了。逃脱雪崩之后，我经过几个小时的认真搜寻，才在一段树桩上的积雪中找到了那只雪鞋，却始终没能找到帽子。午夜时分，我返回到探矿人的小木屋。

古老的冰雪原终于奔涌而下

第二天上午大约 10 点，正当我缝补衣服和雪鞋的时候，突然传来一阵撞击声和咆哮声，仿佛有十几场雪崩同时开始奔流下来，这无疑是那片古老的冰雪原终于松动、下滑了，而我正想看它怎样奔流呢。

于是，我迅速冲向那一大堆柴火的顶部。然而，就在前往那里的途中，一块被冻结成一大片冰团的巨大岩石，撕裂了空气从天而降，砸断了伫立在小木屋那边的一棵大云杉。如果它砸中小木屋，那么这个居所就只剩下一堆七零八落、一片狼藉的骨骼，只能用来当作柴火了。

一阵疾风猛然吹来，那力量之大，把我从柴火堆上一下子就刮了下来。这场雪崩压到了我的身上，大块的积雪纷纷坠落在四周，一片疯狂旋转的雪尘之云遮住了一切，我迅速掏出手巾捂住鼻子，以免窒息。到处都是奔涌、隆隆作响的声音、咆哮和颤抖。一场冲撞之后，我就看到小木屋的木头在雪尘弥漫的空中四处纷飞。在这场雪崩的尾部扫过之际，一阵疾风吹走雪尘，使得空气清晰起来。我全速追击那场正在远去的雪崩，但在一瞬间便被它甩得老远。

峡谷那边，山坡开始发出隆隆声、撞击声和咆哮声，回音密集而又迅速地传来，述说着这场雪崩的骚乱和强度，穿过滑落的岩屑而猛冲，一路砸过树林，猛然撞击悬崖，扫过之际发出"噼啪"的爆裂声，但绝不会停下来，而且它还激起了足以构成一场暴风雪的雪尘。

是的，那片古老的冰雪原终于翻倒了，朝小木屋迅速冲下来。那庞大的雪崩扫过之际，仅仅用边缘击中了小木屋，这堆冲下来的扫掠之物肯定包含着四五千吨冰雪、沙砾和岩石的聚集物。但是，与抵达谷底的大量雪崩残骸相比，这点儿东西实在是太少了，根本算不上什么。在雪崩前进的道路上，每一米都会增添什么东西——有大量的积雪、岩石堆和能装满好几个火车皮的沙砾、悬崖上落下的硕大的岩石碎片，还有好几千棵来自沿途森林的树木。

一只松鼠好不容易贮存了大量松果准备过冬，现在统统被卷走了，而它自己也九死一生才逃过了被雪崩卷走的厄运，因此它对这场雪崩极为恼怒，喋喋不休地责骂着。当我一路奔跑而来，它那火爆的脾气正处于巅峰，总而言之，它似乎在公开指责所有的雪崩和其他的一切。

在一段陡峭的路程的底部，这场雪崩穿过一片森林而猛砸过去，把众多树木连根拔起或者生生砸断，留下一条34步宽的通道。在一个地方，它竟然跳跃起来，硬生生割掉了地面之上一两米的树木。话说回来，也有神秘的事情——四棵树排成一线存留了下来，尽管其中一棵被剥掉了大量树皮，但最终它们还是顽强地伫立在那里。

这场雪崩经过之后，地面被清扫得光秃秃的——草丛、废物、松动的岩石还有积雪，统统被卷走、清理干净。边线上的树林中，覆盖着1.2米深的积雪，雪中溅落和覆盖着废物及夹杂着泥土的黑雪。雪崩边缘上，很多树木都被剥去了树皮，还有很多树向前倾斜。位于地面之上9-15米的枝条多半被折断，因此我猜测，这场雪崩深约9米。它在一些地方猛然碰撞，导致了它不断加深、加厚，或者把冰块、岩石、树干抛向空中，这些飞扬之物会砸碎远在奔流的雪崩上方的东西。

　　这场雪崩肯定有一两百米长。它在底部留下的残骸，容纳着足以供给一个村子整整一年的柴火。在谷底，那庞大的残骸乱七八糟地堆在一起，那座小木屋早已荡然无存，而那个探矿人的冬季供给品和我的雪鞋也不知被裹挟到了何处，难觅踪影。尽管如此，我还是很高兴，因为我毕竟看到了一场巨大的雪崩如滚滚洪流展现出的壮观的景象。

第 15 章　忠犬救主记

Bill Mcclain Prospector

一只名叫乔的黑狗在老主人死后被赶出原来的营地，来到灰鸟矿区，但不幸的是，它在这里也不受欢迎、遭到驱赶。危难之际，一个老探矿人挺身而出，收留了这只黑狗。后来，老探矿人会同其他矿工前往别处开矿，乔也发挥了自己的特长——为新主人看家护院、搬柴运水……秋末，不断飘落的雪让几个探矿人心神不安，他们担心雪崩会顺着冲沟冲下来，便决定第二天一早撤离。但不幸的是，就在那天夜里，一场特大的雪崩横扫下来，尽管其他人都安然无恙，但乔的主人却渺无踪影。而此时，乔不顾自己受伤，不断在雪地里抓扒、搜寻，终于引领其他人找到了奄奄一息的主人……

一只饱受欺凌的狗遇到新主人

一只饥饿不堪的黑狗从白雪皑皑的山路爬上来，停在"灰鸟矿区寄宿处"（Gray-bird boarding house）前面。矿工们刚刚吃完晚饭出来，享受几分钟的阳光，还要再回去工作。

此时，运矿砂的车辆队列阻塞了道路。矿车司机停在房子前面，跟矿工们互致问候。

在这个营地里，这只狗是个陌生的来客，它发现道路被阻塞，便有些不知所措，似乎最好的选择是转身离开。很显然，它曾经遭到过虐待，而且它还没有朋友，孤苦伶仃。

然而，它还没来得及停下来，房子旁边的人群中就有一个矿工大叫起来："滚开！"它吃了一惊，但很犹豫。接着另一个矿工也大叫道："你这只野狗，滚下山去吧！"于是，这只狗转身，露出一副可怜兮兮的神情，俯视着它刚刚才爬上来的那条山路。它耷拉着脑袋，但并没有挪动一步。显然，它刚刚才离开一个受尽了虐待的地方，无论如何都不能再回到那里。

终于，它看见左边有一个出口通往一条小巷。由于这个出口距离那些矿工较远，于是它扬起脑袋，开始走进去。正当它进入之际，两只吃得饱饱的狗突然猛扑到它的身上，迫使它退回到那条路上。它再度停下来，几乎绝望地扫视四周，显然不知道该转身走向哪里，也不知道该怎么办。这只狗真的很可怜，饥饿不堪、无家可归不说，而且在哪儿都不受欢迎。

就在它犹豫不决之际，又有人朝它猛然扔来一只空盒子，几个矿工叫嚷着"滚开"！它躲开那只盒子，却坚守阵地，没有后退。那个扔来盒子的人催促自己的狗："吉姆，去咬它！"吉姆是一只体态丰满的斗牛犬，只见它一跃而起，扑向那只孤立无援的狗。

那只可怜的狗朝下面的道路扫视了一眼，然后轻蔑地扬起了脑袋。尽管饥饿不堪且身体虚弱，但它显然认为，与其回到那个它曾经饱受虐待、被迫离开的地方，还不如跟一只斗牛犬奋力搏斗、英勇战死。

这只狗也曾有过美好的时光。实际上，它一度过得很好，而且还很有用，对人类大有帮助。直到几个星期之前，这只名叫乔的狗还待在它的主人——一个善良的老探矿人帕特·雷根（Pat Regan）的身边，它跟老主人一起度过了八年舒适的时光。当雷根去世的时候，它的命运就迅速发生转折，它不得不自谋出路。然而，在山上的雪地谋生无疑困难重重：营地里没有人对它感兴趣，它也几乎找不到食物可以果腹。因为它失去了主人且无家可归，营地里的其他狗便开始龇牙咧嘴地欺凌它，那些坏孩子也每天朝它扔石块。就这样，它被赶了出来，而且注定要在它停留的第一个地方受到冷酷无情的对待。

那只斗牛犬跳到乔的身上，矿工们纷纷围拢过来，形成一个圈子观战。乔是一只毛发蓬松的大型犬，要是它没有饿着，它就特别有力量去迎战对手。

这场搏斗开始的时候，乔能够轻而易举地抗击那只斗牛犬发起的攻击，阻止对方对自己造成严重的伤害，避免对方咬住自己的要害。当然，在目前这种饿得要命的情况下，它的体能就很成问题了——仅仅几分钟，它就会因为体力不支而落败，成为那只野蛮的斗牛犬的牺牲品。

"停止这场搏斗！"一个长着灰白大胡子的高个子矿工突然发出强硬的命令。他一边命令，一边左推右搡，从围观的人绕成的圈子中挤开一条路。"就让它们打斗吧。"有几个人咆哮着嚷嚷。"勒住你的斗牛犬。"他严厉地要求。"把它勒住，"他又说道，"要不然有你们俩好受的。"他的语气中流露出可怕的威严，同时他怒视着斗牛犬的主人，斗牛犬的主人赶紧阻止两只狗打斗，人群中响起一阵叫喊和欢呼。

那个长着灰白大胡子的人是比尔·麦克莱恩（Bill McClain）——一个聪明过人的老探矿人，在这个地区，大家都对他尊敬有加。"我答应过雷根……"麦克莱恩开始说道。听闻此言，人群顿时鸦雀无声，每一双眼睛都盯着麦克莱恩，每个人都在聆听。而麦克莱恩似乎在对每一个人说话，又像仅仅在对自己和乔说话。

"我答应过雷根会好好照顾乔。乔，自从葬礼那天起，你跑到哪里去了？我到处找你呢。"说完之后，他便再也不发一言，径直朝自己的小木屋走去，与此同时，乔扬起脑袋，舒舒服服地跟在后面。

这只狗为新主人看家护院、搬柴运水

那天傍晚，乔治·威廉斯（George Williams）——就是那只斗牛犬的主人，来到麦克莱恩的小木屋拜访。"我过来给你道个歉。"他说道。麦克莱恩手里拿着一本翻开的流行杂志，指着一把椅子让来客坐下。乔躺在地板上，把脑袋搁放在前爪上，一动不动地仰望着威廉斯。

"我还以为你是铁石心肠呢，"麦克莱恩冷冷地回答，"但是今天我差点儿就把你扔到垃圾堆上了。"

"喔，我勒住了那只斗牛犬，自从你阻止那场打斗以来，我就想了很多。"威廉斯接着说。麦克莱恩沉默了一会儿，然后说道："我打算等积雪一消融，就到上面的诺顿冲沟（Norton Gulch）去开采我的专属矿区，而克拉克（Clark）拥有我所领导的矿道的东部延伸分支部分，他也将会开采他的专属矿区。他需要一个合作伙伴，我想你离开这个营地，去参与他的工作。我会跟他安排

这些事情。"

当麦克莱恩和他的合作伙伴来到诺顿冲沟，在他们的专属矿区重新开始工作的时候，依然到处点缀着雪堆，久久不化。几天之后，克拉克和威廉斯就上来了，开始在克拉克的专属矿区开凿一条矿道。

这附近还有十几个或更多的探矿人，他们也在自己的专属矿区工作，他们的小木屋都位于麦克莱恩的小木屋附近。乔自然也跟着新主人上来了，在这个营地，还有另外五六只狗，但大家显然都认为乔是其中最有价值的狗，即便乔的其他狗伙伴肯定也是这么认为的。

以前，乔的老主人曾经给予了它某些良好的训练，单凭这一点，再加上它的大型牧羊犬血统，使得它成为一只很有价值的狗。白天，它就待在小木屋外面，通常都安静地待着，仿佛对一切都不感兴趣，缺乏活力。然而有一天，大约有10只毛驴驮着别致的包裹出现了，停在小木屋旁边，当时门开着，乔就躺在几米开外的地面上，显然在熟睡。那个赶毛驴运货的人停下来跟一个探矿人交谈，而那些毛驴便抓住这个有利的时机停下来嘟嘟乱叫，到处吃草，在废物堆上翻腾，仔细打量挂在三根晾衣绳上的衣服。见此情形，营地里的其他狗都疯狂地四处奔跑，勇敢地狂吠。面对狗的骚乱，那些毛驴毫不在意，根本不为之所动。突然，这些毛驴都机警地竖起长耳朵，10只鼻子热切地指向麦克莱恩的小木屋。原来，毛驴们发现门开着，其中一只好奇的毛驴十分迫切，不断努力向前迈进，显然下定了决心尽可能钻进去，迅速吃掉里面一切能吃的东西，如果它背上的驮包允许它进门，那么它就会毫不犹豫地大快朵颐一番。但它根本就不可能进去——乔突然跳起来，像巨人一样猛然冲向那个入侵者，一分钟之内，所有的毛驴都惟恐避之不及，逃离了现场，一只都看不见了，冲沟下面扬起的一阵尘埃之云迅速飘荡，表明它们还在匆匆奔跑。

老主人雷根曾经训练乔搬运木柴和水，因此，它能一次衔着一根枝条搬运到屋里。在运水的时候，它会用牙齿紧紧咬住水桶，前往溪流中的一个深水潭，随着脑袋迅速一点，就把水桶浸入水中，装满水后再运回来。当然，乔的行为对营地里的其他狗也产生了良好的影响，在山杨金黄的树叶讲述秋天到了的时候，营地里的那些狗已经安静了许多，其中两只狗还能效仿乔，骄傲地给自己的主人搬运木柴了。

雪花不断飘落，终于形成了雪崩

秋末，一个接一个探矿人出山去过冬了，到了雪花开始飘落的时候，这条冲沟里就只剩下麦克莱恩、克拉克和威廉斯了。他们三个人因为发现自己的矿藏含量如此丰富而非常高兴，因此打算整个冬天都待在这里开采矿藏。

几场大雪早早就飘落了下来，这使得麦克莱恩和他的朋友们感到不安，因为他们害怕雪崩会顺着冲沟奔流而下，造成破坏。

尽管如此,生长在冲沟顶端的那些茂密的森林表明,自从上一次雪崩奔流以来,已经过去了一个世纪或更长时间,因此短时间内发生雪崩的可能性很小。这样的情况给了他们信心,然而雪还是频繁不断地继续飘落,于是大家都同意最好在春天之前出山,因为春天是积雪消融、松动的时节,最容易引发雪崩。

雪继续飘落,在一些地方堆积得很深。位于诺顿冲沟顶端的那道山岭陡峭地耸起100多米,从而形成了雪崩最容易崩塌之处。很多雪崩很可能都从这里开始,但它们的规模显然都太小,无法冲进远处的树林。

那道山岭的顶峰暴露在风中,上面的积雪都被疾风清扫得干干净净。从顶峰上吹落的积雪,聚集在靠近顶峰下风面的地上和檐口中。

一天,麦克莱恩让其他人注意一个几乎没有支撑的巨大雪檐,而那个雪檐就悬挂在诺顿冲沟的顶端,看上去岌岌可危,随时都有崩塌的危险。他们短暂地讨论了一阵之后,便一致决定立即放弃工作,第二天早晨撤退到下面的灰鸟营地。

就在那天傍晚,奥布莱恩(O'Brien)带着邮件从下面滑雪上来,告诉大家最近会普降大雪,多场毁灭性的雪崩会从山岭上崩塌下来。听闻此言,大家就早早回到各自的小木屋上床睡觉,而乔则一如既往地躺在麦克莱恩的小木屋后部,睡在主人铺位旁的地板上。

外面是皎洁的冬夜,寒冷却并不那么凛冽。那轮几乎圆满的月亮从清澈的天空上照耀下来,映照着积雪,发出一种柔和的、迷人的银白色光芒。午夜刚过，麦克莱恩就醒了，他立即起床穿衣，心神不宁。好几次，他透过窗口凝视冲沟上面的那道山岭，在月光的照耀下，那道山岭显得特别突出，清晰得令人吃惊。小木屋投射到雪地上的影子黑暗而清晰，仿佛是从煤块上雕刻出来的。空气纹丝不动，纤细、散落的枞树高耸着，犹如美妙的静夜中黑暗的高塔。月光投下那些树深沉的影子，比树木本身还要清晰、突出。

麦克莱恩坐在窗边，开始修理滑雪板上的一根带子，以备不时之需。修理的过程中，他停下手中的活儿，看了看那道山岭，却不料看到一片雪云正在升腾而起，覆盖了那片陡峭的山坡，这就告诉他一场雪崩开始了。由于这场雪崩可能会穿过森林冲击下来横扫冲沟，他就立即猛冲到其他小木屋门前，唤醒同伴。乔则留在家里。

随着一阵巨大的咆哮声和几乎无法抵抗的力量，这场雪崩猛然冲过森林，雷霆般地倾泻到了这几个探矿人的身上。

废墟中，忠犬终于发现奄奄一息的主人

当雪崩以雷霆万钧之势横扫下来的时候，麦克莱恩已经唤醒了奥布莱恩，当时他正伫立在克拉克的小木屋门前，呼唤克拉克和威廉斯赶紧起床逃生。雪崩扫过之后，唯一还伫立着的就是奥布莱恩睡觉的那座小木屋，而其他小木屋都被雪崩滚滚而来的洪流压碎了，散乱的碎片顺着冲沟被带下去，跟雪崩从上面冲下来的岩石和树木碎片混杂在一起。

克拉克没来得及起床，裹在毯子里被突如其来的雪崩迅速冲走，冲到了冲沟下面几十米远的地方，然后被抛落在雪中，但毫发未伤，于是他和奥布莱恩立即开始搜寻其他人。在冲沟下面400来米，他们发现了威廉斯的一只脚从积雪中伸出来，便迅速把他挖出来，发现他也没有受伤。尽管他差点儿被积雪窒息而死，但在休息了半个小时之后，他就能够参与搜救麦克莱恩的工作了。

日出后不久，他们就找到了麦克莱恩的小木屋的残骸。他们将残骸一一拆开，发现乔还在下面，但它的一只前爪不幸被压伤了。他们继续搜索，一直到下午3点左右，也丝毫没有发现麦克莱恩的身影。他们检查的最后一个地点，就在克拉克的小木屋所在之处的下面，这里有一大片积雪、石头和木柴混杂在一起。这几个搜索者累得精疲力尽，他们感到这个时候麦克莱恩肯定已经遭遇不测了，已无生还的可能，于是放弃了搜寻工作，所有人开始朝着灰鸟营地进发，他们计划第二天多带一些矿工返回现场，继续搜寻麦克莱恩的尸体。

在乔被挖出来的那一瞬，它就开始到处爬行，在废墟中嗅闻。它似乎意识到自己的主人肯定就在下面的某个地方。大家离开的时候，它也不肯离去，因此除了把它留下，别无选择。

威廉斯沿着冲沟走了一小段路就停了下来，他因为把乔孤零零地留在那里而内心不安。就在他伫立着思考之际，他突然听到上面的山坡响起了一阵急促的狗吠的回声，于是他赶紧转身奔向乔，而其他人则继续走向冲沟下面。当他看见乔的时候，只见它正试图用那只没有受伤的前爪挖掘积雪。而当威廉斯靠近它时，它就开始用牙齿疯狂地撕扯木柴。威廉斯见状，赶紧上前撬开那些木柴——麦克莱恩就躺在下面！

尽管麦克莱恩已经不省人事，被严重擦伤，还被冻得很厉害，但他毕竟还活着。威廉斯赶紧把他搬到那座没有被冲倒的小木屋中，迅速让他苏醒过来。到这个时候，天色暗了下来，群星已经在天上闪耀起来。

麦克莱恩刚休息了一会儿，吃了点儿东西，就要求威廉斯立即把他送到灰鸟营地，因为他担心自己的两根肋骨断了，需要及时治疗。

于是，威廉斯赶紧找来两副雪橇板，装配成一副手拉滑板，让麦克莱恩裹上毯子，然后把他和乔都绑在滑板上面。就这样，他拉着那副滑板离开雪崩现场，顺着冲沟缓缓下行，翻过山岭，终于把受伤的麦克莱恩和乔安全地送到了灰鸟矿区。

第 16 章 荒野传闻录

An Open Season on Nature Stories

一直以来，人们对荒野存在着种种错误的认识：大灰熊在冬眠后饥肠辘辘，会主动攻击人类——实际上，刚从冬眠中醒来的熊根本吃不下东西，它们的胃在冬眠期间已经紧实地收缩了起来。对于河狸的认识，一些书本也错误百出：河狸始终都在劳动，以鱼类为食，用尾巴砸木桩修堤坝和切割树木……还有传闻称，山地野绵羊跳下悬崖时先用硕大的头角着地，以此来充当"减震器"，而事实是，这种方式让野绵羊折断了脖子。不仅如此，草原土拨鼠掘洞时一路挖到水，它们跟草原猫头鹰和响尾蛇同居一穴，沙漠鸟儿在仙人掌下面拥有秘密水库，鸟类在高海拔地区不能孵蛋，闪电不会击中某些树且不会两次击中同一处……凡此种种，都不过是谬传。

冬眠后，大灰熊靠近我的小木屋

3月的一个早晨，在巴特尔山的北坡上，我偶然遇到了一个位于深深的雪堆中的洞孔。附近那些肮脏的踪迹表明，一头大灰熊从这个冬眠巢穴中走出来。我读过数不清的故事，那些故事都说在四五个月漫长的冬眠斋戒之后，所有的熊都会特别饥饿，因此特别凶猛，还说在这种饥饿的状态下，因为缺乏食物，即便是胆怯的黑熊也会攻击人类，而大灰熊则在春季饥饿得如此绝望，因此不惜铤而走险，甚至会攻击手持武器的猎人。乍一听，这一切似乎都是自然而然的事情。

由于这个巢穴位于林木线之上，距离我的小木屋大约6.4公里，我开始估计我回到家之前这头大灰熊赶上我的可能性。因此，我十分注意风向，行走时特别注意不被它嗅闻到——大灰熊的鼻子可是无比敏锐，有时候会获得远在 1.6 公里之外的人的信息。当时我只是一个男孩，身体还不够强壮，但我想享受生活，还为未来多年的生活做过计划，因此不想被这头大灰熊吃掉。

我一路下山，来到下面的树林中，在离家大约 3.2 公里的时候，我又发现了那头大灰熊的踪迹。顿时，我的头发竖起，僵直得几乎可以做成一把不错的硬毛刷了。要是那头大灰熊突然出现，我完全无法猜测自己可能会干什么，于是我转变方向，从正常的道路上走出大约 1.6 公里，绕了一个大圈子，避免直接穿越前面那片密林。

当距离我的小木屋仅有 800 来米，胜利在望的时候，我逐渐把悬着的心放了下来：剩下的路段较为开阔，散落着少量松树，在我的前方，我能看见那似乎就是我的小马留下的蹄印，这着实让人欢欣鼓舞。但出人意料的是，当我靠近那些踪迹时，我才发现它们竟然是那头大灰熊留下的！无疑，它肯定饥肠辘辘地下山，距离人类如此之近，一定是在觅食。我几乎不知道自己究竟该不该回家。隔着相当一段距离，我小心翼翼地绕着小木屋走了一圈，看看那头大灰熊是否躲在房子后面，是否藏在柴火堆里埋伏着。经过一番仔细打探，我没有看见它的身影，这才踏上回家的路。

这件事发生在大约 30 年前，自那时以来，我就频频置身于大灰熊中间，因此逐渐了解到它们会吃掉太阳下的一切可食之物，但人肉除外。

如果出现某种不同寻常的情况，可能导致大灰熊在事先未被逼上绝路或遭到攻击时率先攻击人类，但没有一头大灰熊攻击过我。在我见过的每一个案例中，当大灰熊发起攻击，都是它们遭到了追逐，被逼上绝路或者受伤，它们之所以战斗，是为了自卫，或者因为它们认为战斗是自己唯一的希望。

大灰熊抵抗猎人和猎犬的进攻

我曾经看到这样一幕：一头大灰熊从冬眠的巢穴中出来后，第二天便被逼上绝路，并遭到了射杀。四个月漫长的斋戒，冬眠和沉睡了大部分时间，大灰熊出来时应该很饥饿，皮毛蓬乱而虚弱，然而那头大灰熊显然不曾看懂人们这样的期待，一副依然如故的表现——在被一群猎犬穿过积雪追逐了半天，逼上绝路之后，它的行为就像被训练了四个月，为了生存而战。

当我们骑马匆匆赶上去的时候，那头大灰熊被逼到深深的雪堆和岩石崖壁之间，正在跟那些冲上去的猎犬搏斗。此时，它意识到自己必须冲出去才能逃走，便开始奋力突围。

这次围捕，有两个猎人和好几只猎犬参与了行动。搏斗开始之后，安全起见，我爬到了一根距离地面六米高的云杉粗枝上面作壁上观。那头大灰熊冲击猎犬组成的封锁线，我清楚地看见它努力了好几次。它完全疯狂了，却一点儿也不担忧，只要那些猎犬蜂拥而上，它就会闪电般地跳起来，快速移动，躲避，同时伸出爪子，左右开弓地进行反击。

突然，一个猎人大叫："当心！它冲过来了！"此时，我打破了爬树的纪录，我的马则挣断了缰绳逃之夭夭，远遁别处——我足足寻找了两天才找到它。同时，猎犬们不断狂吠，猎枪不断射击、上膛再射击，矮树丛不断被撞击。在这样的过程中，那头大灰熊就像是一枚正中靶心的高爆炮弹，只见它横冲直撞，将各种东西撞落一地。

它冲过了封锁线而奔逃，但因为身中数弹，刚刚跑出不远，便一头倒毙在地上。这场狩猎，猎人们可谓损失惨重：三只猎犬丧命，一只猎犬因为伤势过重而不得不被猎人射杀，还有两只猎犬断了腿；一匹马遭到了那头熊或左或右的迅速打击，折断了两根肋骨；一个猎人的肩膀也被打断，不得不住进医院。

那头大灰熊很肥硕。在剖开它的过程中，猎人们切开了它的胃。它的胃很紧实，里面几乎没有容纳一只耗子的空间，经过漫长的斋戒，它的胃因为四壁收缩而几乎封闭了起来。在熊冬眠期间，其胃部如此收缩的情况很普遍。

一般来说，大灰熊从冬眠巢穴出来之后的 10 天以上，它都几乎不吃什么东西。它其实并不饥饿，因为漫长的睡眠和休息，它很肥硕、强壮，而且它的胃因为长期没有使用而几乎封闭得如此紧实，真的没有"胃口"，以至于它几乎吃不下一只雪鸟（snowbird）。但在我童年的那一天，那头大灰熊从巴特尔山上下来的时候，我还不了解这些事情。尽管如此，在有一年结束之前，读到一个已经发表的故事，故事称大灰熊从冬眠巢穴中饥肠辘辘地冲出来，带着凶猛地要吃人的险恶意图而袭击人类，这不会让我感到惊讶。

如今，熊日益稀少，因此有必要让每一个男孩都去真正了解它们。事实上，熊是无害的，它们吃掉很多侵袭人类的害虫害兽，它们跻身于最有趣的动物行列，它们正面临灭绝的危险。

关于河狸的种种谬传

有时候，我希望发现一个河狸家庭，这个家庭有两只成年河狸和一些河狸孩子，它们听得懂英语，如此一来，我就会给它们读一些涉及它们的业已发表的陈述。这些陈述是：

河狸始终在劳动。

它们以鱼为生。

它们调节天气。

它们用尾巴来作为泥刀和锤子。

在一部大约印行于 10 年前的标准百科全书中，我们读到河狸在构筑堤坝时，在溪流上打入一排木桩来截断水流，然后把柳树和小树编织在这些木桩之间来拦住水。在水流湍急的地方，这些木桩有时也像人的大腿那样粗。这同一个传闻还被印在另一部大约 400 年前的古书上。

河狸有着锋利的牙齿，能够把这类木桩的尖端咬得很锋利，但是，河狸究竟会使用何种棍棒、大木槌、铁锤把木桩砸下去，书上并没有说明，尽管一部大约在 200 年前印行的书上说河狸用尾巴将其砸下去，但在现实中，河狸的尾巴如同橡胶一样具有弹性，是一根饱满的棍棒，但几乎不会用来砸木桩。

然后，我会对这个聚在一起专注聆听的河狸家庭读道：河狸用尾巴来割倒树木；它们可能声称跟锯鳐（sawfish）有亲戚关系；河狸娴熟地使用尾巴来作为泥刀，因此可能有资格加入砖瓦匠工会。

当它们收住笑声，愉快地到处滚动时，我就会非常严肃地对它们读到它们是地球上最伟大的天气预告者，还读到只要河狸生存在世，那么气象局所说的话就百分之百不重要。在它们的面庞变得严肃而具有预示性之后，我就会进一步读到每年冬天，通过它们收获的过冬食物的数量，通过它们涂抹在房子上的泥巴厚度，还通过其他为秋天而进行的可靠的准备，可以预先知道即将来临的那几个月的天气究竟会怎样。

在读完这一切之后，如果它们还没有沉沉入睡，那么我就可能读到一个最大的谎言。但首先让我们记住，河狸的确知道一些事情：大多数河狸会构筑一道结实的堤坝和一座房子，由于时常修缮，这些建筑会存在很多年；它们挖掘出奇妙的沟渠；它们是水利工程师和极佳的伐木者……尽管河狸在需要劳动时是很好的劳动者，同时它们也会避免一切无效的劳动。作为能干、有效的伙伴，它们竭尽所能，预先计划，只需要干一点点工作，比如说，每年它们只劳动一两个月，剩下的时间都在玩耍。

因此，想象一只河狸，一次用几周时间探索荒野或者跟同伴玩耍的河狸——想象这个成功、善良的漫游者拥有了那些写到它的故事，而那些故事讲述它每天都在劳动，凌晨4点就起床，从来不会停止劳动去参加野餐或者梳理自己厚厚的毛发云云。那么，我不会因为读出如此严肃的说教而让它们厌烦，因为河狸会认为我的教育肯定有什么错了，认为"安全第一"召唤它们潜入深水。

河狸是素食者，主要以树皮为生，顺便吃些青草和浆果。它们并不吃肉和鱼。但是，我们一而再，再而三地读到这样的描述：河狸因为霸占所有的鱼而毁掉了渔业。下一次，当一只河狸从水中露出头来的时候，我真要问问它捕鱼时究竟用了什么做诱饵，还要问问它在等待鱼儿咬钩时，是否在岸上抽烟、闲逛。

关于山地野绵羊和海中怪物的谬传

猎人们声称，大雁（wild geese）和潜鸟（loon）是警惕性很高的鸟类，要靠近它们，进入能够开枪射击的范围，需要极高的技巧。至于很多人认为大雁脑袋愚蠢这一想法究竟是怎么产生的，我无法猜测。普遍流传的还有那种"疯狂得如同潜鸟"的说法，然而潜鸟像任何飞鸟一样，根本就不疯狂。

传闻还说，整整一群山地野绵羊抱着四肢，越过悬崖或峭壁而跳下去。它们头朝下落到崖底，而它们那"具有弹性"的硕大的头角先触及地面，充当减震器。它们使用自己头上的这种便携式气垫，就像马戏团的表演者，根本不需要任何人在下面采取最后的安全措施——铺上一块厚厚的垫子或水箱。

我曾经两次看见野绵羊用它们所谓"减震"的头角着地，结果都让它们折断了脖子，它们就再也没有尝试。母羊、小羊羔还有公羊跳出悬崖，母羊、小羊羔跳得像公羊一样高、一样勇敢，但是母羊的头角很小，小羊羔则根本没有头角，落下去结果会怎样呢？因此我猜想，如果这个跳崖传闻得到进一步修改和扩展，恐怕还会说母羊和小羊羔是骑在公羊的背上穿过空气跳下去的呢，就像女巫骑在扫帚上飞行一样。

不仅如此，还有传闻称，潜水员戴着硕大的猫头鹰眼睛一般的潜水镜，在水下跟鲨鱼、魔鬼鱼（devil-fish）和章鱼（octopus）搏斗，这样的传闻一度让我颤栗。后来，当我访问弗罗里达海岸，还有乘船离开南加利福尼亚海岸前往近海游览的时候，我向水手们打探他们跟海底峡谷和洞穴中那些凶猛的家伙搏斗的事情，他们听了之后都哈哈大笑了起来。还有两次，我向那些扬帆环游过世界的船长们打探他们逃脱鲨鱼和巨型海蜘蛛的事情，他们听了之后也都哈哈大笑了起来。然后有一天，我拜访了一个退休的老船长——他曾经做过珍珠采集者、潜水员、海底探索者、沉船探宝者，他告诉我："鲨鱼和章鱼偶尔会吞食或淹死某个人，这可能是真的，但是至少我从未见过它们这样干，我认为那些传闻，正如马克·吐温在关于他自己的死亡报告中所说的那样，被'极度夸大了'。"

我曾经多次寻找幽灵，寻找那些让人生疣的蛙类，寻找那些把脑袋埋进沙里的鸵鸟（ostrich），寻找携带着温度计、皮毛、雪鞋、雪镜、暖脚器以及适用于各种天气的沉甸甸的睡袋的土拨鼠，但在这些东西当中，没有任何一种为我展现过相关传闻中的事情。

然后是臭鼬，这个并不那么坏的伙伴，始终把自己梳理得干干净净。相比我所想起的其他任何荒野伙伴，它们给了我更多的惊讶。在亚利桑那，我每天夜里都认为自己会被一只患有狂犬病的臭鼬吃掉，但在每天早晨，我都惊讶地发现自己还没有发疯，在白天，我惊讶自己没有发现有人在疯狂地奔跑，仿佛被那样的臭鼬注射了疫苗。

在荒野中，我往往一坐就是好几个小时。我常常惊讶那些来访的飞禽走兽靠近的方式。有好几次，单独一只臭鼬靠近；有三四次，一只臭鼬母亲带着孩子靠近。我知道，这个家庭中的每个成员都隐藏着一种惊讶，我惊讶它们没有朝我喷射那种气体。

然后在另一天，我惊讶了很多次。蜜蜂在四周嗡嗡作响，当我徐徐避开它们的时候，我不慎一头撞上了柳树，那棵柳树被好几百只密集的蜜蜂压弯了。那些蜜蜂被撞飞之后，便对我群起而攻之，在逃跑的过程中，我又一头栽倒在密集的灌木丛中，却几乎猛然压倒在一只臭鼬喷出的气体末端。这是一种惊讶。然而，那种气体喷洒的范围很高，那些追来的蜜蜂刚一闻到便匆匆掉头逃走。当我继续逃逸，正如我听说过的那样，我开始明白了臭鼬怎样让大黄蜂（hornet）溃败，怎样吃掉大黄蜂巢穴及里面的东西。

关于草原土拨鼠和沙漠动物的谬传

其实，大多数野生动物都不是流浪者和吉普赛人，它们都很可能在距离自己的出生地不远的地方度过了时日，并最终死去。约翰·伯克（John Burke）写信告诉我，他三年来一直在追踪一只破耳朵野兔，还说一只知更鸟连续四个夏季都回到了他的房间窗口附近筑巢。

在我的小木屋一端，在两条小溪之间一片 V 形的狭窄地面上，一只花栗鼠拥有一个巢穴。如果另一只花栗鼠胆敢擅入，它就会立即毫不客气地将其逐出。这只在此筑巢的花栗鼠对这片特殊的土地提出了声索权利，它甚至反对其他花栗鼠穿越这里。然而有一天，它自己却跳到了那条小溪对面，踮起脚尖，伸出两只小爪子，把一大枝白色的百合拉下来，塞进嘴里大快朵颐，然而就在此时，另一只在那里拥有巢穴，对这一小片土地上的所有东西拥有声索权利的花栗鼠迅速跑上前来，飞起一脚，将我这边的花栗鼠踢进了小溪。我这边的花栗鼠十分有趣，经常玩耍、嬉戏，也经常坐着观察蓝鸲和其他花栗鼠的活动，给了我不少快乐的时光。

大多数飞禽走兽拥有或者声索一个活动范围——它们生活的一小片土地，它们还坚持其他同类不得擅入，对同类入侵和边界线特别讲究。我知道一只河狸 18 年来都以一个池塘为家，还有一只大灰熊声称所有其他同类都不得擅入云杉湖地区，更不得染指那里的东西，它时常在那里观察，确保没有入侵者闯入，必要的时候，它会让那些接近者远远避开。这头大灰熊经常嬉戏，屡屡在雪地上滑行。有一次，它有些类似两条腿的人，离开家园而踏上旅途，前往超过160公里之外的远方，但不到2周就回来了。

大多数飞禽走兽劳动的日子比一般人都要少，到了玩耍的时候，它们就会按时玩耍，而且一年四季都这样。

最初，我们的这个圆形世界是坚硬的岩石，后来，霜降、化学反应、风与水的撕扯和磨损，使得地球外部开始腐烂。在很多地区，覆盖地面的土壤还不到30厘米厚，山谷和低地可能会有一两米或几米厚，但在大多数地方，一个男孩用鹤嘴锄和铁锹挖掘不到一天，即可挖到下面坚硬的岩石。在多山地区，地球瘦骨嶙峋的岩石裸露于地表，根本没有任何土壤覆盖。

在西部干燥的地区，通常需要下挖十五米到一两百米，多半还会穿过岩石，才能挖到岩层之间的水。然而，我们不时听到草原土拨鼠会挖到水的传闻。真是了不起的挖掘者啊！当然，在这些长长的、深深的洞穴之中有很多空间，也必须派上用场。通常，这同一个传闻中有一部分竟然是这样说的：草原猫头鹰（prairie owl）和响尾蛇（rattlesnake），这两种动物都非常喜欢草原土拨鼠，因此都跟它同居一穴。然而实际情况是，草原土拨鼠拥有自己的大型村镇，以一种令人饶有兴趣的方式而生活，而在它们各种有趣的活动当中，其中一项就是将水和蛇阻止在自己的城市界线之外。

草原土拨鼠、羚羊、鸟儿，实际上是沙漠上的所有动物，只使用极少量的水，而且没有水就能度过一个长长的周期。骆驼则进化出了一个驼峰或肿块，那里面通常贮存着浓缩的食物，还有一个蓄水的水箱，这些身体上的准备，使得它能够前行很多天也可以不吃东西，不饮水。很多种沙漠植物都拥有某种蓄水箱，这种蓄水箱在雨季充满，在旱季使用。然而，所有植物和动物为了适应这样的环境，做出了相应的调整，相比其他地方的动植物，沙漠环境锻炼它们只需要少量水就能生存下去。

草原土拨鼠深挖洞，只是来自干旱土地上的生命的传闻之一；而另一个传闻则说，有些沙漠鸟儿每天都要飞到大约 160 公里之外去寻找水，而其他一些鸟儿则在仙人掌下面拥有秘密的水库——每天夜里，它们都要去那里饮几次水，然后将其严严实实地隐藏起来，伪装得天衣无缝，只有在极为罕见和偶然的情况下，人们才会发现这种不会渗水的水囊。

关于高海拔地区和闪电的谬传

地球上依然流传着形形色色关于野生动物的错误信仰。比如，人们曾经对大海怀有种种迷信。当年，每一个人都告诉哥伦布（Columbus），说他不可能完成那次航行，因为在遥远的西边，大海滚烫地沸腾着，船只根本无法逾越；他们还说在一些地方挤满了吞噬人和船只的怪物，船只只能行驶到某个距离界限，便再也无法前行，不得不打道回府。但是哥伦布对这些传闻不屑一顾，还是义无反顾地扬帆出海了。还有一个例子，人们告诉罗马舰队司令不要去进行一场他已经做好了准备的海战，因为那天早上，那些进行预测的圣鸡拒绝吃东西，为不祥之兆。但是，那位罗马舰队司令仅仅说了声"它们必须拥有水"，就把那些所谓的圣鸡、鸡笼统统抛进了大海，然后指挥舰队一路启航，前去迎敌，结果大获全胜，俘获了敌人的舰队。

还有很多迷信涉及高高的群山。比如，有传闻称在海拔 1600 米之上的地方，禽类的蛋不会孵化出来，然而事实是，雷鸟、岭雀和其他鸟类却没有听说这一传闻，因此它们在高于捕鲸者 4000 米的地方依然故我地筑巢、孵蛋。

岩羚羊（chamois）和山地野绵羊会继续做伟大的运动健儿，直到它们听到海拔高度有害的传闻。如果把一个生活在低地的病人送到高海拔地区，那么他的病情会有所好转，海拔高度是大有裨益的。

在户外，闪电是最显著的东西，而闪电也似乎有着习惯性的行为，有时会干出出人预料的事情。当我还是孩子的时候，我就常常听说闪电不会击中某些种类的树木，还听说其他一些种类的树木则似乎跟闪电特别有缘，随时都会获得闪电的光顾，被频频击中。但事实上，闪电会击中或可能击中任何树木，但是，相比那些成群伫立的树木，一棵孤零零的树稍微更容易被击中。阔叶树，比如三角叶杨，就比松树更容易遭到闪电击中，这仅仅是因为，相比充满树脂的松树，阔叶树的树脂很少或者没有树脂，成了一种更佳的导体。相比扎根于干燥地点的树，扎根于湿漉漉的土壤中的树是树液更佳的导体。但正如我说过的那样，所有的树都可能被击中。

我还听说过这样的传闻，说闪电从来不会击中山毛榉(beech)。但事实上，我在不止一个州看见过山毛榉，而那些老树频频露出被闪电击中的痕迹，其中几棵还被狠狠地击中了两次。

然后，闪电还不止一次击中同一个地方。我看见很多树上都有三个以上被闪电击中的印痕，在距离我的小木屋 1.6 公里之处，有一棵松树在大约 22 年中被击中了 14 次，但这些冲击并没有把那棵树杀死。

闪电可能击中高峰，但更有可能击中低地。在山上，高峰在阳光下直插云天，而雷暴雨往往会倾注在山侧。因此，相比其他地方，更害怕闪电击中山顶是毫无意义的，因为总体而言，在一座海拔 4270 米的高峰上的危险程度，要低于密西西比河谷(Mississippi Valley)。

每个月都美好，可以进行户外活动

我在这片大陆上到处旅行、露营，也没有在自己的头上撑起避雷针来避开闪电，而且从来不曾料想自己会被闪电击中。人们还常常煞有介事地告诉我，闪电从来不会击中桑树 (mulberry tree)，他们多次告诫我要在桑树下面躲避雷击。但在暴雨期间，我根本没有靠着大树坐下来。我早早就意识到，如果我要逃离闪电，我可能会跑错方向。闪电从来不曾让我紧张。

有一天，一场狂暴的闪电暴雨在我的四周轰隆隆地激荡，我偶尔听到一声猛烈的撞击，仿佛有什么东西被击中了——就在几步之遥，一棵树露出被闪电烙上的印痕，那就是一棵桑树。当时我正骑在另一棵桑树上吃桑葚，突然，一声高爆从天而降，狠狠地砸掉了一棵离我不到六米的桑树的一侧，那个断裂处还冒着缕缕青烟。

任何露营过的人都知道，一年中有 12 个美好的月份，其中每一个月都充满了让露营者愉悦的事物，每一个月都超过 90% 令人感兴趣，它可能包含着一些让某些人并不那么喜欢的地点，但是每一个月都有很多特殊奖励，每一个月都喜欢户外的露营者是幸运的。

1 月的户外，没有苍蝇、蚊子、蛇、雨、中暑、沙蚤、蠓虫和流感的骚扰，但顺着雪坡下滑、溜冰、追踪野生动物和营火却正当其时。接下来的那些月份中，飞禽、花朵、树木和走兽展现出来的东西常常会令人激动，而那也是在其他任何月份都不会展现出来的。感冒多半是在室内患上的，患者往往是那些关着窗户生活的人，饱食终日的人，因为露营者没有窗户可关闭，因此不会感冒。

多年以前，当人们认为有些户外价值很低的时候，很多人就在黄石公园露营。他们在一种如此草率的状态下离开了营地，使其一片狼藉，以至于打扫这些营地的士兵称其为"猪圈"。然而，露营的孩子越来越多，童子军、森林爱好者和营火女孩理解野外生活，离开营地时将其打扫得干干净净，为所有露营者树立了好榜样。

好几年以前，我曾经一路追踪一些友好的印第安人留下的踪迹，想要得到他们留在营地附近的树枝上的一双鹿皮鞋。在搜索了两个小时之后，我才终于发现那双鹿皮鞋悬吊在一根树枝上。尽管有十几个印第安人在营地度过了两夜一天，但他们都如此小心，爱护环境，离开时，他们还将那里打扫得如此彻底，以至于我根本就无法确定那个营地究竟设在哪里。

第 17 章　自然向导手记

Nature Guiding at Home

作为河狸池塘，百合湖是野生动物的聚集地，一年四季，动物来来往往，其中不乏熊、野猫、山狮、山地野绵羊、雪鞋兔和各种鸟儿，展现出形形色色的生活方式。小黑熊在湖里游泳，土拨鼠在洞口外打滚儿，而在另一个地方，山狮像影子一样悄无声息地从观察者身边溜过。一根木头搭成的独木桥留下了很多故事：山狮躺在上面休息，动物往来过桥，松鼠收获果实，而丛林狼则觊觎松鼠……在野外，通过观察和识别，会学到很多知识。但很多人认为，海拔高度有害，荒野充满危险——掠食者随时伺机吃掉他们，然而这大错特错——所有野生动物还没等人靠近便逃之夭夭。要成为自然向导，需要诸多准备，需要多才多艺，在树木、岩石、动物等方面具备专业知识。

百合湖畔，飞禽走兽来来往往

距离我的小木屋大约 3.2 公里的百合湖（Lily Lake），是一个大型河狸池塘，其中生活着很多河狸，因此阿拉帕霍印第安人（Arapahoe Indian）称之为"河狸小屋湖"（Beaver Lodge Lake）。在我进入这片风景区的前一年，这个湖泊暂时干涸了，河狸们不得不迁徙到下面的风河峡谷（Wind River Canon）之中，那里位于这个湖泊的西边。在这个湖泊的北边，一座岩石嶙峋的高山耸立而起，南边是一条青草丛生的边界，而靠近东岸则是一片连绵的森林。

后来，这个湖泊重新注满了水，继续成为野生动物的饮水坑，各种飞禽走兽便频频地来来往往，有时还会群集在那里。我也时常拜访这个湖泊，在我偶尔看见的来访者当中，有熊、野猫、山狮、山地野绵羊、雪鞋兔、鹰和其他多种鸟儿。

看见那么多活跃的生物来到这个地方，而且我在这个小小的地点就可以了解飞禽走兽如此不同的生活方式，这无疑给了我无穷无尽的惊喜。

在这里，飞禽和走兽时常打闹、飨宴和嬉戏，我也看见了这些野生动物上演的很多场真实的电影。通过频频前往这个湖泊，我经常看见那些河狸居民，我还熟悉了很多涉及多种飞禽走兽的活生生的事实。

这个地方如此充满趣味，因此很多年来，我一年四季都会频频前去拜访，要么头顶月光，要么大白天前往那里。有一天清晨，我看见了一只与众不同的平背河狸从下面的风河峡谷爬上来，其他一些河狸紧随其后。后来，我把那只河狸命名为"平顶"，在接下来的18年中，我偶尔会看见它在湖里或湖畔活动。有很多次，我都观察到它和其他同伴切割树木，将其拖拽到湖泊之中。

一个起风的冬日，硕大的冰块不幸砸碎了河狸房子，致使很多河狸居民不得不暂时放弃这里，它们一路下行，前往风河峡谷的河狸聚居地避难。然而在前往那里的途中，雪地上留下的皮毛和斑斑血迹清楚地表明，有三只河狸惨遭掠食者突袭、杀戮。

一个雨天，在我隐藏着观察"平顶"切割一棵大山杨之际，一些山地野绵羊进入了现场。那只领头的公羊看见"平顶"，便径直朝它走了过去，假装要用头角去顶撞它。"平顶"见状，便停下了咬啮山杨，伫立着观察那只公羊，一动也不动，而那只公羊只是嗅了嗅它，跺了两三次脚就走开了。

在湖畔，我学会了识别很多飞禽和走兽、花朵和树木。除了这样的识别活动，我还了解到湖畔的每一个来客不同的生活方式，也了解到那些生活在湖里和湖畔的原住民动物的生活方式。有好几周，我都追踪观察一只土拨鼠在西岸的洞穴附近的活动，却不知道它是土拨鼠；我注意到山杨生长在潮湿的地方，在叶片萌发出来之前会开花；还注意到河狸最喜欢使用这种树木，尽管后来我才得知它的名字，但早在此前我就了解到了它的识别符号。

在湖岸周围看见"平顶"多年以后，我意识到大多数飞禽和走兽不能被称为"吉普赛人"。就在我发现它们的地方附近，它们都拥有正式的家。它们多半都在自己出生的地区生活并死去，它们会声索一个活动范围，通常会尝试阻止同类的其他成员使用或进入自己的领地。即便是水鸟，还有围绕湖岸而筑巢的白冠带鹀（white-crowned sparrow），它们在几千公里之外的南方过冬之后，都要飞回到这里。我曾经发现，有一只白冠带鹀就先后三次在同一片柳树丛中筑巢、养育后代。

小黑熊游泳，山狮悄无声息地跑过

一天傍晚，我到达那里，看见一只小黑熊正在湖里游泳。从它留在湖岸泥淖中的踪迹来看，它的左前足失去了两根指头。我还一度看见这只小黑熊出现在湖泊的出水口附近，把一根木头撕成碎片。还有一次，我看见它在南岸附近的草丛中捕捉耗子。它的领地就在这个湖泊的周围，我常常追踪它，但它留下的踪迹所指引的路就在湖泊周边穿行，从来没有离开湖泊超过 3.2 公里。

靠近湖泊，我曾经三次看见同一只山狮，还看见一只土拨鼠常常从洞穴中爬出来，在沙滩上打滚儿玩耍，或者就在距离我几米开外的地方敞开肚子啃食蒲公英（dandelion），当我走过它的家，它偶尔会挪动一下身子，但仅仅是为了不让我踩到它的身上。在观察这只土拨鼠六个夏季之后，一只在附近生活了三年的丛林狼终于找到了机会，在它离开洞口太远的时候发动突袭，将其逮住。

连续五个夏天，大约在我的小木屋和湖泊之间的中途，我还偶尔看见另一只土拨鼠。在往来于湖泊的过程中，我常常看见同一只花栗鼠或者同一只雪鞋兔，它们都长期生活在自己专属的活动范围内。

在一年中的每个月，在我前往湖泊的小径两旁，我都会看见树木。我注意到了龙胆（gentian）的生长之处，接近 8 月的一天，它们最初的花朵绽放了，而最初出现的黄色叶片，一定是在那伫立于最干燥之处的山杨上。

每一次前往湖泊的旅程中，我都会看见踪迹、皮毛、羽毛、抓挠痕迹和其他一些迹象，这些迹象告诉我，自从我前一次沿着小径往来之后，这里又发生了很多事情。在往来和环绕湖泊的路上，我欣赏到了那么多东西，以至于今天即便我被扔在荒岛上，或者前往新的家园，我想我也会遵循童年养成的习惯——常常前往同一个地点，在那里等着观察那些每天一定会出现的野生动物。

很多时候，我也跟那些生活在我家附近的动物嬉戏，探索和重访我的房子周围，很少远离家园。除了那个湖泊，我还频频造访其他地方，并在那里观察。我在《自然向导历险记》（The Adventures of a Nature Guide）一书中，就描述了其中一个地方，那里忙碌得就像热闹的马戏场。那个荒野的等待之地就位于一片高大的云杉林中，在一个青草丛生的开阔地的小溪畔。

有一天，一只山狮靠近我坐着观察的地方跑了过去，而我却没听到它的一声脚步，那家伙就像影子一样悄无声息地溜了过去。一根枯枝折断了，从树上掉下来，这个声音让一只松鼠惊恐不已，它没有现身，躲在一棵树后朝着前面假想的危险窥探。一只经过的丛林狼听到这个声音，也停了下来，足足有半分钟没有挪动脚步，然后它把鼻子伸向草丛下面的什么东西，还竖起一只耳朵，转动脑袋，接着一跃而起，扑下去咬住了一只耗子，抬起头来的时候，嘴里还带着几片草叶。

在百合湖和其他观察地，我一般都会坐在木头上，坐在悬崖侧边，躺在木头旁边，蹲在灌木丛中，偶尔还会爬到树端上面——距离地面很高的地方，视野开阔，便于观察，而我则不太可能被动物们看到或闻到。

在荒野观察和追踪，增长自然知识

大自然的故事无穷无尽，充满魅力。在每个观察点，而且常常在通往那里的路上，我都会看见飞禽走兽，或者同时看见它们正干着我以前不曾见过的事情。我从不在野外放置钢夹捕猎，相反，我通过经常拜访我以前拜访过的地方，就会看见自从上一次拜访以来，野生动物留在每个地方的踪迹和其他记录，而这些记录几乎就像野生动物本身那样，常常令人欣喜、激动。这些迹象和野生动物要么构成了一个新的故事，要么构成了一个连续述说的故事中的新篇章。

我沿着一条幽暗的小径，前往林木线上的一个观察点，小径在一根木头上越过一条小溪，构成一座天然的独木桥，距离水面4.5米以上。在这里，我就曾经发现一只山狮躺在这根木头上休息。还有一次，一些喜鹊在木头上嬉戏。夏天，在木头的南端那边，滨紫草高高的梗茎倾斜着，它们蓝色的花朵挺立在地面上1.5米之处。冬天，一个雪堆的顶部堆积得更高。有一年1月，我跨越这根木头的时候，这个雪堆上的迹象表明，在此前的五天五夜，这里被松鼠、野兔、豪猪、耗子、鼬鼠（weasel）和很多山地野绵羊连续当作往来的桥梁。木头北端附近，一只松鼠在9月堆积松果的地方，一只丛林狼蹲伏在一棵云杉后面观察那只松鼠。但在漫长的等待之后，它一无所获，不得不快快转身进入云杉林，去寻找别的东西充饥。

在每次已经实现的旅行中，在雪地上追踪几乎总是给予我很多事情去思考。在追踪一头大灰熊八天八夜的过程中，我留下的经历足以写满一本书，这些经历和我找来读过的关于这种伟大的动物的文字一起，使得大灰熊于我而言越来越有趣。大约在100万年前，熊、狗和海豹（seal）有着密切的亲属关系，了解这一点，无疑是一件趣事。

在追踪一行踪迹的过程中，我经常来到那行踪迹被其他踪迹追踪或越过之处，我经常都想追踪那些新的踪迹，而且我也确实这样做过。那是在追踪一只山地野绵羊踪迹的时候，我来到了它的踪迹被熊的踪迹越过的地方——一头只有三条腿的大灰熊母亲带着它的两个孩子到过那里，而那两只幼熊还不时停下来，在雪地上顽皮地嬉戏、角力。

我在孩提时代，并没有想过要学会识别25种以上的飞禽、花卉和走兽的好计划。因此我以自己的方式去识别，这碰巧就逐渐成为一种良好的方式，至少对于我是这样。

这样的方式需要非常熟悉生物的活动范围，也需要对其中的最佳地点有专门的了解。约翰·巴勒斯[①]（John Burroughs）写过很多书，涉及他在纽约州的农场长期定居的经历；法布尔[②]（Fabre）

---

①美国著名鸟类学家、博物学家、自然文学家（1837-1921）。
②法国著名昆虫学家、博物学家、自然文学家（1823-1915）。

也写过一些书，里面谈到了他的庭院中那些小小的野生昆虫。在我能识别树木、飞禽和走兽之前，我就了解了它们的很多生活方式。在百合湖和其他河狸聚居地，在我学会识别25种不同的飞禽走兽数年之前，我就了解了25个以上关于河狸的故事，还有很多关于其他动物的故事。

在我早年就见过河狸所干的无数的事情当中，有以下这些：

咬倒树木。

用爪子搬运泥巴。

坐在尾巴上。

游泳时把尾巴卷在肚腹上搬运泥巴和树枝。

挖掘水渠。

杀死野猫。

逃避狼。

从池底疏浚泥淖。

跟同伴角力和嬉戏。

建造部分堤坝。

把树木漂过池塘。

给自己挠痒。

从鼻子上拂走苍蝇。

用两只爪子梳理皮毛。

用尾巴猛然击水。

……

一年四季，在河狸聚居地看见的这些事情和其他事情，河狸夫妇和小河狸的劳作与嬉戏，都让我细致入微地学到了关于河狸的知识。

人们频频来访，我成了专业自然向导

当我还是孩子的时候，有个人来到这里，他需要有人带领他去参观河狸池塘。于是我就把他引到了三个河狸池塘，整天带他参观。他询问了一些关于我所追踪的河狸的生活，一共有47个问题，我只欣然回答了其中的3个，此外我还告诉他很多我见过的关于河狸生活的事情，而这些事情是他没有问到的。

令人意想不到的是，两个月之后，这个人竟然给我派来了整整一大群男男女女，还有男孩和女孩。他们都想去看看河狸池塘。于是，我带着他在冰碛河狸聚居地（Moraine Beaver Colony）度过了一整天。这些年来，我不断前往这个河狸聚居地，每一次旅行，我都有所收获，得知了一些新的东西。这些年来，我先后为杂志写过六篇关于这个河狸聚居地的文章。

稍后，纽约一家报纸的记者聘用我，让我引导他前往查斯姆湖（Chasm Lake）。这个荒野之湖位于朗斯峰的侧边，海拔大约3658米。我在一路攀登的过程中询问他，在我们攀登的峡谷中，为什么向阳的崖壁上生长着松树，而向北的崖壁上却生长着云杉。我还询问他，在林木线上，为什么云杉、枞树和柳树生长在潮湿的地方，而松树则靠近干燥的地方生长。我把很多关于冰川的事情告诉了他——它们怎样发挥作用，怎样挖掘湖泊，怎样堆积起岩石和土壤构成的冰碛。

结果，我考虑让自己成为一名自然向导。起初，我免费为人们服务，但由于访客越来越多，大家如此频繁地请我做向导，而我不得不为生计而工作，于是我就开始为自己提供的向导服务收费。在此过程中，人们想看到和听到关于岩石、树木、鸟儿、野花、河狸、熊和其他一切，我都予以满足。

当有人请我到爱达荷为他做向导，穿越一个我从不曾见过的地区时，一种惊喜从天而降。但我知道怎样生火，而且爱达荷和科罗拉多的树林生长方式相同，尽管爱达荷的大灰熊的食物有所不同，但我还是发现，我在科罗拉多的大灰熊身上所获悉的东西，使得我能无需别人介绍就了解那里的大灰熊。

我在加拿大、阿拉斯加和墨西哥进行的露营之旅也是如此，我在自己的小木屋周围学到的东西，让我对上千公里之外的岩石、树木、走兽与河狸或多或少地有熟悉之感。

在为人们做向导的过程中，我发现他们很少关心识别符号，直到他们得知生物怎样谋生，何种冒险是它们的命运，野生动物在何时何处劳动、嬉戏——尤其是它们怎样嬉戏，以及每一种生物为什么会生活在一个特别的地区。正如那些想要了解《鲁滨逊漂流记》（*Robinson Crusoe*）的人很少关心作者的名字，或者关心那本书看起来像什么——他们想通过了解故事来识别这本书。因此，与自然史上的伟大故事一起，并不是自然史的数字的识别符号和烙印才使得户外生活令人愉快、大有裨益。90％的森林知识就是第一手经验。

野生动物一般都把人视为危险

一棵拥有不止一个树端或顶点的树，或许曾经有过一次历险——疾风、豪猪、倒下的树、昆虫或者其他什么意外，让这棵树原来的树端遭到了破坏。因此，当我看见一棵生长着两个树端的树，我就会疑惑它究竟遭遇过怎样的不幸。在树端，我有过无数次激动的冒险——跟蚂蚁、蜂群、两只臭鼬、一只豪猪、断裂的树枝、两只幼熊及一只从下面爬上来要看看我究竟为何物的黑熊——它一点儿都不害怕，而我却非常害怕。从树端上，我还观察过熊熊的森林大火、激荡的暴风雨。

在树端和其他地方发现的信息，在向导工作中很有用。我在攀登了朗斯峰40多次之后，才为别人做向导。但实际上，我对这座山峰还是不太了解，因为每当我作为向导带人登顶之后，我都会发现新的东西，尽管在从事向导工作之前，我就曾经在雨中、风中、夏季、冬季、白天、夜晚攀登过这座山峰，尽管如此，我依然感到自己对它了解得还不够。

很多人认为高海拔对身体有害，还始终认为令人不愉快的事情会降临到自己身上。如果我在攀登期间催促他们，或者他们在头天晚上大吃大喝，那么某种像晕船那样的事情确实就会发生。但我适时得知，海拔高度对人类总体上是有益的，而不是有害的。

我带领过的大多数人都认为，荒野中到处都有危险的动物：熊、山狮和狼伺机杀死并吃掉他们。但事实上，只要人一靠近，美国的所有野生动物都会逃之夭夭。对于野生动物来说，人本身就是太危险的动物，因此不会允许人们靠近，或者让自己冒险去靠近人类。在大多数动物身上，对人的恐惧几近疯狂，因此导致它们在人类靠近之际，便会在这个圆形的地球隐蔽的荒野中寻求安全第一，很少有例外。事实上，更有可能的是人杀死人，而不是野生动物杀死人。

狼从未主动攻击过我，而一些看似温顺的狗却攻击过我。任何动物，也许即便是一条虫子，在生死之战中也会奋起搏斗，但这样的情况仅仅发生在它无法逃离危险的时候。极少数野生动物主动攻击人类的案例，似乎是那些精神失常而变得疯狂的动物所干的。

在很多偏远的地方，因为那些根本不害怕我的野生动物，我感到惊喜和愉快，它们会友好地走上前来看看我，查明我究竟是何种类型的新动物。曾几何时，在大峡谷的一条旁侧峡谷中，一些山地野绵羊显然以前不曾见过人，便满怀强烈而好奇的兴趣看着我，还走上前来嗅闻我。

在黄石公园和其他野生动物保护地，飞禽走兽尽管是野生的，但却很温顺。大灰熊，除了它们遭到逗弄和吃了过多的垃圾，一般都不会暴戾。同样，在很多环境下的野生动物都是如此，它们始终在回应——始终在干有趣的事情。

正是这样去理解荒野及其成百上千的"居民"，才使得它成了奇境，而一个自然向导能够使别人迅速获得和欣赏这种理解。

成为自然向导，需要多才多艺

在每一次旅行中，把大多数注意力给予一种树木、飞禽或走兽，同时收集附带信息，的确是一个值得实践的好计划。这一想法可以延伸到好几次旅行中。在自然史上，自然向导应该是多才多艺的好向导，他也可能是一个了解树木生活、河狸、蝴蝶或地质学等诸多方面的专家。

自然向导的本质要点就是完全了解某种事物，并把这种信息清晰而有趣地传达给别人。一个向导说话的时候，一定要有能力，但不需要说得太多，而且在说话的时候要以正确的方式来表达。一个向导，如果真的知道原则，那么他就能在旷野中对一个人或很多人说话，他将迅速学会对围坐在营火周围或在大厅中的聆听者致辞，或者他能够写作，因此他的观念才会被千万读者所读到。

有好几次，我都作为自然向导在我不熟悉的地区做导游，所得到的报酬是那些只认识路，只知道怎样扎营的向导的三倍。各种年龄的人都喜欢听到涉及户外事物的真相。多年前，在堪萨斯城（Kansas City），一个百万富翁的儿子在断崖间、河流边免费为我做向导，他是一个快乐、活跃的男孩，打算以后成为农夫，而在他成长的过程中，比起他的所有其他经验来，他在户外所学到的东西更有好处。

我常常让那些本身就是博物学家的人引导我穿越某个有趣的地方。约翰·缪尔③（John Muir）就曾经亲切地指引我观赏红杉林（Redwoods），一位杰出的地质学家也让我跟他一起出行，沿着大峡谷探索，在大峡谷里露营了两周。

另一方面，我有幸为很多名人当过自然向导，带领他们前往野外，而他们每个人都与众不同，都有一条特别的线路。

在每一个地区，已经有了对一个或多个自然向导的需求。在众多如此的需求当中，有一种需求就是为自己的服务而收费的专业向导。每一个熟悉自己家园附近的荒野之地的男孩，或者深入了解户外某一事物的男孩——一种生物为什么会在那里，以及它是什么，将会拥有很多其他知识都无法给予他的好处。户外经验颇具教育性，永远有益。就像熊一样，熟悉自己活动范围内每一个角落的男孩是幸运的。

对于收费向导，最有可能前往的地方是国家公园、国家森林、州立公园和山中及海边的荒野之地，因为人们常常来到这些地方休息和锻炼。

---

③美国博物学家、早期环保运动的领袖、自然文学家（1838–1914）。

一个打算在一生中或数年从事这种职业的自然向导，需要为其进行完全彻底的准备。他需要在荒野之地露营，在那里研究树木、花卉、岩石、动物和昆虫，并辅之以书籍，跟那些了解的人士交谈。要成为拔尖的向导需要很多准备，多得就像位列一级的作家、律师或工程师。但我感到做向导更为有趣。

自然，即带着故事的岩石、溪流和野生动物，始终充满趣味。无论一个人的职业是什么，他都不时想到户外去度过一个假期。如果他从童年起就为了成为向导而深入熟悉野生动物，那么他在这些假期中始终会拥有某种事物——那样的事物会愉快地引导他。这种荒野知识很持久，会使得他在快乐的岁月里把快乐的事上千次地给予别人。